紅樓夢古抄本叢刊

舒元煒序本紅樓夢

【三】

人民文學出版社

紅樓夢第二十八回

蔣玉菡情贈茜香羅　薛寶釵羞籠紅麝串

話說林黛玉只因昨夜晴雯不開門一事。錯疑在寶玉身上。至次日又可巧遇見餞花之期。正是一腔無明。欲為發洩。又勾起傷春愁思。因把些殘花落瓣去掩埋。由不得感花傷已。哭了幾聲。便隨口念了幾句。不想寶玉在山坡上聽見。先不過點頭感嘆。次後聽到儂今葬花人笑痴。他年葬儂知是誰。一朝春盡紅顏老。花落人亡兩不知等句。不覺慟倒山坡之上。懷裏兜的落花。撒了一地。試想林黛玉的花顔月貌。将来亦到無可尋覓之時。寧不心碎腸斷。既黛玉終歸無可尋覓之時。推之於他人如寶釵香菱襲人等。亦可以到無可尋覓之時矣。寶釵等終歸無可尋覓之時。則自已又安在哉。且自身尚不知何在何往。則斯處斯園斯花斯柳。又不知當屬誰姓。因此一而二。二而三。反復推求了去。真不知此時此際欲為何等蠢物。杳無所知。逃大造。出塵網。使可解釋這段傷悲。正是花影不離身左右。鳥聲只在耳東西。那林黛玉正自傷感。忽聽山坡上有悲聲。心下想道人人都笑我有些痴病。難道還有一个痴子不成。想着擡頭一看。只見是寶玉。林黛玉看見便道。啐。我道是誰。原来是狠心短命的。剛説到短命二字上。又把口掩住。長嘆了一聲。自己抽身便走了。這裏寶玉悲慟了一回。忽擡頭不見了黛玉。便知黛玉看見他躲開了。自己也覺無味。抖抖土起来。下山尋歸舊路。往怡紅院来。可巧看見林黛玉在前頭走。連忙趕上去説道。你且站着。我知你不理我。我只説一句話。從今已後撂開手。林黛玉回頭見是寶玉。待要不理他。聽他説只説一句話。從此撂開手。

這話裏有文章。少不得站住。說道有一句話請說來。寶玉笑道

兩句話說了你聽不聽。黛玉聽說回頭就走。寶玉在身後面嘆

道。既有今日。何必當初。林黛玉聽見這話。由不得站住回頭道。

當初怎麼樣。今日怎麼樣。寶玉嘆道當日姑娘來了。那不是我

陪着頑笑。凴我心爱的。姑娘要就拿去。我爱喫的。聽見姑娘也

爱喫。連忙乾乾淨淨收着等姑娘喫。一桌子喫飯。一床上睡覺。

丫頭們想不到的。我怕姑娘生氣。我替丫頭們想的到。我心裏

想着姊妹們從小兒長大。親也罷。熱也罷。和氣到了頭。才見得

叫人好。如今誰承望姑娘人大心大。不把我放在眼睛裡。倒把外四路的什麽寶姊姊鳳姊姊放在心坎兒上。倒把我三日不理。四日不見的。我又沒个親兄弟親姊妹。雖然有兩个。你難道不知道是和我隔母的。我也和你是獨出。只怕同我的心一樣。誰知我是白操了這个心。弄的有冤無處訴。說着不覺滴下眼淚來。林黛玉耳內聽了這話。眼內見了這形景。心內不覺灰了大半。也不覺滴下淚來。低頭不語。寶玉見他這般形景。遂又說道。我也知道我如今不好了。但只凴着怎麽不好。萬不敢在妹

三

妹跟前有錯處。便有一二錯處。你倒是或教道我成人。你下次
或罵我兩句。打我兩下。我都不灰心。誰知你總不理我。叫我摸
不着頭腦。少魂失魄。不知怎麽樣才是。就便死了。也是个屈死
鬼。任憑高僧高道懺悔。也不能超生。還得你伸明了緣故。我才
得托生呢。黛玉聽了這話。不覺將昨晚的事都忘在九霄雲外
了。便說道你既這樣說。昨兒為什麽我去了。你不叫丫頭開門。
寶玉咤异道。這話從那裏說起。我要是這麽樣。立刻就死了。林
黛玉啐道。大清早。死呀活的。也不忌諱。你說有呢就有。沒有就

没有。起什麽誓呢。寳玉道寔在没有見你去。就是寳姊姊坐了

一坐就出来了。林黛玉想了一想道。是了。想必是你丫頭們懶

得動。喪謭歪氣的也是有的。寳玉道想必是這个原故。等我回

去問了是誰。教訓教訓他們就好了。林黛玉道。你的那些姑娘

們。也該教訓教訓。只是論理我不該說。今兒得罪了我的事小。

倘或明日寳姑娘来。什麽貝姑娘来。也得罪了。事情豈不大了。

說着抿着嘴笑。寳玉聽了。又是齩牙又是笑。二人正說話。只見

丫頭来請喫飯。遂都往前頭来了。王夫人見了林黛玉。因問道

四

大姑娘你喫那鮑太醫的藥可好些。林黛玉道也不過這樣着。老太太還叫我喫王大夫的藥呢。寶玉道太太不知道林妹妹是內症。先天生的弱。所以禁不住一點風寒。不過喫兩劑藥疏散了風寒。還是喫丸藥好。王夫人道前兒大夫說了個丸藥的名字。我也忘了。寶玉道我知道那些丸藥。不過叫他喫什麽人參養榮丸。王夫人道不是。寶玉又道人参益母丸。左歸右歸。再不就是麥味地黃丸。王夫人道都不是。我只記有金剛兩个字的。寶玉扎手笑道。從來沒聽見有個金剛丸。若有了金剛丸。自然有菩薩散了。說的滿屋裏人都笑了。寶釵抿嘴笑道。想是天王補心丹。王夫人笑道是這个名兒。如今我也糊塗了。寶玉道太太倒不糊塗。都是叫金剛菩薩支使糊塗了。王夫人道扯你娘的臊。又欠你老子搥你了。寶玉笑道我老子再不為這个搥我的。王夫人又道既有這个名兒。明兒就叫人買些来喫。寶玉道這些葯都不中用的。太太給我三百六十兩銀子。我替妹妹配一料丸葯。且保管一料不完就好了。王夫人道放屁。什麽葯就這麽貴。寶玉笑道當真的呢。我這个方子比别的不同。那个藥名兒也古怪。一時也說不清。只講那頭胎紫河車。人形帶葉參。三百六十兩不足。龜大何首烏。千年松根茯苓脂。諸如此類的藥。都不算為奇。只這一群藥裡算那為君藥。說起來唬人一跳。前兒薛大哥哥求了我一二年。我才給了他這方子。他拿了方子又去尋了二三年。花了有上千的銀子。才配成了。太太不信只問寶姊姊。寶釵聽說笑着搖手兒。說道我不知道。也沒聽見。你别哄姨娘問我。王夫人笑道倒底是寶丫頭好孩子。不撒謊。寶玉站在當地聽見如此說。一回身把手一指說道。我說的倒是真話呢。倒說我撒謊。口裡說着。忽一回身只見林黛玉坐在寶釵身後。抿着嘴笑。用手指頭在臉上畫着羞他。鳳姐因在裏間房裏看着人放桌子。聽如此說。便走來笑道。寶兄弟不是撒謊。這倒是有的。上日薛大哥親自和我来尋珍珠。我問他作什麼。他說是配藥。他還報怨說不配也罷了。如今那裏知道這麼費事。我問他什麼藥。他說是寶兄弟的方子。說了多少藥。也沒工夫聽他。他說不然我也買幾顆珍珠了。只是定要頭上帶過的。所以来和我尋。他說妹妹就沒散的。花兒上的也得掐下

六

来過。後兒揀好的再給妹妹穿了来。我没法兒。把那兩枝珠花
兒現拆了給他。還要了一塊三尺上用大紅紗去乳鉢乳了隔
面子呢。鳳姐說一句。那寶玉念一句佛。說太陽在屋子裏呢。鳳
姐說完了。寶玉又道太太想這不過是將就呢。正緊按那方子。
那珍珠寶石。定要那古墳裡的。有那古時富貴人家粧裹的頭
面。拿了来才好。如今那裏有為這個去刨墳掘墓。所以只是活
人帶過的也可以使得。王夫人道阿彌陀佛。没當家花花的就
是墳裏有這個。人家死了幾百年。這會子翻尸盗骨的。作了藥

也不靈。寶玉向林黛玉說道。你聽見了沒有。難道二姊姊也跟着我撒謊不成。面望着林黛玉說。却拿眼睛瞟着寶釵。林黛玉便拉王夫人道。舅母聽聽。寶姊姊不替他圓謊。他只問着我。王夫人也道。寶玉很為欺負你妹妹。寶玉笑道。太太不知道這原故。寶姊姊先在家裡住着。那薛大哥哥的事他也不知道。何況如今在裡頭住着呢。自然越發不知道了。林妹妹才在背後以為是我撒謊。就羞我。正說着只見賈母房中的丫嬛找寶玉林黛玉去喫飯。林黛玉也不呌寶玉。便起身拉了那丫嬛走。那丫嬛說茤着寶玉一塊兒走。林黛玉道他不喫飯了。咱們走罷。我先走了。說着便出去了。寶玉道我今兒還跟着太太喫罷。王夫人道罷罷。我今兒喫齋。你正緊你喫去罷。寶玉道我也跟着喫齋。說着便叫那丫頭去罷。自己先跑桌子上坐了。王夫人向寶釵茤笑道你們只管喫你們的。由他去罷。寶釵因笑道你正緊去罷。喫不喫陪着林妹妹走一淌。他心裏打緊的不自在呢。寶玉道理他呢。過一會子就好了。一時喫過飯。寶玉一則怕賈母記掛。二則也記掛着林黛玉。忙忙的要茶漱口。探春惜春却笑道二哥哥。你成日家忙些什麽。喫飯喫茶也是這麽忙碌碌。寶釵笑道。你叫他快喫了瞧黛玉妹妹去罷。叫他在這裏胡羼些什麽。寶玉喫了茶便出来。一直往西院来。可巧走到鳳姐院前。只見鳳姐在門前站着。蹬着門檻子。拿耳挖子剔牙。看着十来个小廝們挪花盆呢。見寶玉来了。笑道你来的好。進来進来。替我寫幾个字兒。寶玉只得跟了進来。到了房裡。鳳姐命人取過筆硯紙来。向寶玉道大紅粧緞四十疋。蟒緞四十疋。上用紗各色一百疋。金項圈四个。寶玉道這算什麽。又不是賬。又不是禮

八

物。怎麽寫法。鳳姐道你只管寫上。横竪我自己明白就罷了。寶
玉聽説只得寫了。鳳姐一面收起来。一面笑道還有句話告訴
你。你不知你依不依。你屋裏有個丫頭叫紅玉的。我要叫来使喚。
明兒我再替你挑幾個可使的。寶玉道我屋裏的人也多得狠。
姊姊喜歡誰。只管叫了来。何必問我。鳳姐笑道你既這樣着。我
就叫人帶他去了。寶玉道只管帶去。説着便要走。鳳姐兒道你
回来我還有一句話呢。寶玉道老太太叫我呢。有話等我回来
罷。説着便来至賈母這邊。只見都已喫完飯了。賈母因問他跟

着你娘喫了什麽好的。寶玉笑道也沒什麽好的。我倒多喫了
一椀飯。因問林妹妹在那裏。賈母道在裏頭屋裡呢。寶玉進來。
只見地下一个丫頭吹熨斗。炕上兩个丫頭打粉線。黛玉灣着
腰拿着剪子裁什麽呢。寶玉走進來笑道哦。這是做什麽呢。才
喫了飯。這麽空着頭。一回又要頭疼了。黛玉並不理。只管裁他
的。有一个丫頭說道那塊紬子角兒還不好呢。再熨他一熨。黛
玉便把剪子一撂。說道理他呢。過一會子就好了。寶玉聽了自
是納悶。只見寶釵探春等也來了。和賈母說一回話。寶釵也進

来問林妹妹作什麽呢。因見林黛玉裁剪。因笑道越發能幹了。連裁剪都會了。黛玉笑道這也不過是撒謊哄人罷了。寳釵笑道我告訴你个笑話兒。剛纔為這个葯。我説了个不知道寳兄弟心裏不受用了。林黛玉道理他呢。過一會子就好了。寳玉向寳釵道老太太要抹骨牌正没人。你就去抹骨牌呢。寳釵聽説便笑道。我是為抹骨牌才来了。説着便走了。林黛玉道你倒是去罷。這裏有老虎喫了你。説着又裁。寳玉見他不理。只得還陪笑説道你也出去逛逛。再裁不遲。林黛玉揔不理。寳玉便問丫頭們這是誰叫栽的。林黛玉見問丫頭們。便説憑他誰叫栽栽。我也不管二爺的事。寶玉方欲説話。只見有人進來回説外頭有人請。寶玉聽了忙撤身出來。黛玉向外頭説道阿彌陀佛。趕你回來。我死也罷了。寶玉出來外面。只見焙茗説道馮大爺家請。寶玉聽了知道是昨日的話。便説要衣裳去。自己便往書房裏來。焙茗一直到了二門前等人。只見出來了一个老婆子。焙茗上去説道寶二爺在書房裏等出門的衣裳。你老人家進去帶个信兒。那婆子道你娘的屄倒好。寶二爺如今在園裏住着。

跟他的都在園裏。你又跑到這裏来帶信兒。焙茗聽了笑道。罵的是。我也糊塗了。說着一逕往東邊二門前来。可巧門上小廝在甬路底下踢毬。焙茗將原故說了。有个小廝跑了進去。半日才抱了一个包袱出来。遞與焙茗。回到書房裡。寶玉換了。命人備馬。只帶着焙茗鋤菜雙福雙壽四个小廝去了。一逕到了馮紫英門口。有人報與馮紫英。出来迎接進去。只見薛蟠早已在那裏久候了。還有許多唱曲兒小廝。並小旦的蔣玉菡。錦香院的妓女雲兒。大家都見過了。然後喫茶。寶玉擎茶笑道。前日所言幸與不幸之事。我晝懸夜想。今日已聞呼喚即至。馮紫英笑道。你們令姨表弟兄倒都信為寔然。前日不過是我的設詞。誠心請你們一飲。恐又推托。故說下這句話。今日一邀即至。誰知都信真了。說畢大家一笑。然後擺上酒來。依次坐定。馮紫英先命唱曲兒的小廝過来讓酒。然後命雲兒也来敬。那薛蟠三杯下肚。忘了情。拉着雲兒的手笑道。你把那梯已新樣的曲兒唱个我聽。我喫一罈。如何。雲兒聽說。只得拿琵琶来唱道。兩个寃家。都難丟下。想着你来又記掛着他。兩个人形容俊俏。都難描畫。

想昨宵幽期私訂在荼蘼架。一个偷情。一个尋拿。拿住了三曹
對案。我也無回話。唱畢笑道你喝一罈子罷了。薛蟠聽說。笑道
不值一罈。再唱好的來。寳玉笑道聽我說來。如此濫飲。易醉而
無味。我先喝一大海。發一新令。有不遵者。連罰十大海。逐出席
外與人斟酒。馮紫英蔣玉菡等都道有理。寳玉拿起海來一氣
飲盡。說道如今要說悲愁喜樂四字。却要說女兒來。還要註明
這四字原故。說完了飲門杯。酒面要唱一个新鮮時樣曲子。酒
底要席上生風一樣東西。或古詩。或對。四書五經成語。薛蟠未

等說完。先站起來攔道我不來。別箕我這竟是捉弄我呢。雲兒也站起來推他坐下笑道。怕什麼。這還虧你天天喫酒呢。難道連我也不如。我回來還說呢。說是了罷。不是了。不過罰上幾杯。那裡就醉死。你如今一亂令。倒喝了十大海。下去斟酒不成。衆人都拍手笑道妙。薛蟠聽說無法。只得坐了。聽寶玉說道女兒悲。青春已大守空閨。女兒愁。悔教夫壻覓封侯。女兒喜。對鏡晨粧顏色美。女兒樂。鞦韆架上春衫薄。衆人聽了都道說得有理。薛蟠獨仰着臉搖頭說不好。該罰。衆人問如何該罰。薛蟠道他

三

說我通不懂○怎麽不該罰○雲兒便搯他一把○笑道你悄悄的想你的罷○回来說不出○又該罰了○于是拿琵琶聽寶玉唱道○滴不盡相思血淚拋紅豆○開不完春柳春花滿畫樓○睡不穩紗窗風雨黄昏後○忘不了新愁與舊愁○咽不下玉粒金團噎滿喉○照不見菱花鏡裏形容瘦○展不開的眉頭○捱不明的更漏○呀○恰便是遮不住的青山隱隱○流不斷的緑水悠悠○唱完大家齊聲喝彩○獨薛蟠無語○寶玉領了門杯○拈起一片梨○来說道雨打梨花深閉門○完了令○下馮紫英說道○女兒悲○兒夫染病在垂危○女兒愁○

大風吹倒梳粧樓女兒喜頭胎養了雙生子女兒樂私向花園
掏蟋蟀說畢端起酒来唱道你是個可人你是個多情你是個
刁鑽古怪鬼靈精你是個神仙也不靈我說的話兒你全不信
只叫你去背地裏細打聽才知道我疼你不疼唱完飲了門杯
說道雞鳴茆店月令完下該雲兒便說道女兒悲將来終身知
靠誰薛蟠嘆道我的兒有你薛大爺在你怕什麽衆人都道別
混他雲兒又道女兒愁媽媽打罵何時休薛蟠道前兒我見了
你媽還分付他不叫他打你呢衆人都道再多言者罰酒十杯

薛蟠連忙自己打了一个嘴巴子。說道沒耳性。再不說了。雲兒又道女兒喜。情郎不捨還家裏。女兒樂。住了簫管弄絃索。說完便唱道。荳蔻開花三月三。一个蟲兒往裡鑽。鑽了半日不得進。去爬到花上打鞦韆。肉兒小心肝。我不開了你怎麼鑽。唱畢飲了門杯。說道桃之夭夭。令完下。該薛蟠。薛蟠道我可要說了。女兒悲。說了半日。不見說底下的。馮紫英笑道悲什麼。快說來。薛蟠登時急的眼睛鈴鐺一般。便咳嗽了兩聲。又說道女兒悲。嫁了男人是烏龜。衆人聽了都大笑起來。薛蟠道笑什麼。難道我說的不是。一个女兒嫁了漢子要當忘八。他怎麽不傷心呢。衆人笑的彎腰。忙說道你說的是。快說底下的。薛蟠瞪了一瞪眼。又說道女兒愁。說了這句又不言語了。衆人道怎麽愁。薛蟠道繡房攛出个大馬猴。衆人呵呵笑道該罰該罰。這句更不通。先還可恕。說着便篩酒。寶玉笑道押韵就好。薛蟠道令官都准了。你們鬧什麽。衆人聽說方罷了。雲兒笑道下兩句越發難說了。我替你說罷。薛蟠道胡說。當真我就没好的了。聽我說罷。女兒喜。洞房花燭朝慵起。衆人聽了都咤異道。這句何其太韻。薛蟠又道女兒樂。一根釠釟往裏戳。眾人聽了都回頭說。該死該死。
快唱了罷。薛蟠便唱道。一个蚊子哼哼哼。眾人都怔了。說這是
个什麼曲兒。薛蟠還唱兩个蒼蠅嗡嗡嗡。眾人都道罷罷罷。薛蟠
道愛聽不聽。這是新鮮曲兒。就叫哼哼韵。你們要懶待聽。連酒
底也免了。我就不唱。眾人都道免了罷。倒別躭誤了別人家。于
是蔣玉菡說道女兒悲。丈夫一去不回歸。女兒愁。無錢去打桂
花油。女兒喜。燈花並頭結雙蕊。女兒樂。夫倡婦隨真和合。說畢
唱道。可喜的天生成百媚嬌。却便是活神仙離碧霄。度青春年

正小。配鸞鳳真也俏。呀看。天河正高。聽樵楼鼓敲。剔銀燈同入
鴛幃悄。悄唱畢飲了門杯。笑道這詩詞上我倒有限。幸而昨日見
了一副對子。可巧只記這句。幸兒席上還有這件東西。說畢便
乾了酒。拿起一朵木樨来念道。花氣襲人知晝暖。衆人倒都依
了。完令。薛蟠又跳了起来喧嚷道。了不得。了不得。該罰該罰。這
席上並沒有寶貝。你怎麽念起寶来。蔣玉菡怔了道。何曾有寶
貝。薛蟠道你還賴呢。你再念来。蔣玉菡只得又念了一遍。薛蟠
道襲人可不是寶貝。是什麽。你們不信。只問他。說畢指着寶玉。

寶玉没好意思起来。說薛大哥。你該罸多少。薛蟠道該罸該罸。說着拿起酒来一飲而盡。馮紫英蔣玉菡等不知原故。猶問原故。雲兒便告訴了出来。蔣玉菡忙起身陪罪。衆人都道不知者不作罪。少刻寶玉出席解手。蔣玉菡便隨了出来。二人站在廊簷下。蔣玉菡又陪不是。寶玉見他嫵媚溫柔。心中十分留意。便緊緊的搭着他的手。呌他閒了往我們那裏去。還有一句話借問。也是你們貴班中有一个呌琪官的。他在那裏。如今名馳天下。我獨無緣一見。蔣玉菡笑道就是我的小名兒。寶玉聽了。不

覺欣然跌足笑道。有幸有幸。果然名不虛傳。今兒初會。便怎麽
樣呢。想了一想。向袖中取出扇子。將一个玉玦扇墜。解下來遞
與琪官道。微物不堪。畧表今日之誼。琪官接了笑道。無功受祿
何以克當。也罷。我這裡也得了一件奇物。今日早起方繫上。還
是簇新。聊可表我一點親熱之意。說畢撩衣將繫小衣一條大
紅汗巾子解了下來。遞與寶玉道。這汗巾子是茜香國女國王
所貢之物。夏天繫着。肌膚生香。不生汗漬。昨日北靜王給我的。
今日才上身。若是別人我斷不肯相贈。二爺請把自己繫的解

夫

下来給我繫着。寶玉聽說。喜不自禁。連忙接了。將自已一條松
花汗巾解下来遞與琪官。二人方束好。只聽一聲大叫。我可拿
住了。只見薛蟠跳了出来。拉着二人道放酒不喫。兩个人逃席
出来幹什麽。快拿出来我瞧瞧。二人都道沒有什麽。薛蟠那裡
肯依。還是馮紫英出来才解開了。于是復歸坐飲酒。至晚方散。
寶玉回至園中寬衣喫茶。襲人見扇子上的扇墜兒沒了。便問
他往那裏去了。寶玉道馬上丟了。睡覺時只見腰裡一條血點
似的大紅汗巾子。襲人便猜了八九分。因說道有了好的繫褲

子。把你那條還我罷。寶玉聽說。方想起那條汗巾子。原是襲人的。不該給人才是。心裏後悔。口裏說不出來。只得笑道我賠你一條罷。襲人聽了點頭嘆道。我就知道又幹這些事。也不該拿着我的東西給那起混賬人去。也難為你心裏沒了算計兒。再要說幾句。又恐嘔上他的酒來。少不得也睡了。一宿無話。至次日天明方才醒了。只見寶玉笑道夜裏失了盜也不曉得。你瞧瞧褲子上。襲人低頭一看。只見昨日寶玉繫的那條汗巾子。繫在自己腰裏呢。便知是寶玉夜間換了。忙一頓的解下來說道。

我不希罕這行子。趂早兒拿了去。寳玉見他如此。只得委婉解
勸了一回。襲人無法。只得繫上。過後寳玉出來。終究解下来擲
在个空箱子裡。自己又換了一條繫着。寳玉並未理論。因問起
昨有什麼事情。襲人便回說二奶奶打發人叫了紅玉去了。他
原要等你来的。我想什麼要緊。我就作了主打發他去了。寳玉
道很是。我已知道了。不必等我罷了。襲人又道昨兒貴妃打發
夏太監出來。送了一百二十兩銀子。叫在清虛觀初一到初三
打三天平安醮。唱戲獻供。珍大爺領着衆位爺們跪香拜佛呢。

還有端午兒的節禮也賞了。就命小丫頭子來。將昨日所賜之物取了出來。只見上等宮扇兩柄。紅麝香珠二串。鳳尾羅二端。芙蓉簟一領。寶玉見了喜不自勝。問別人的也都是這个。襲人道老太太的多着一个香如意。一个瑪瑙枕。太太老爺姨太太的只多着一个如意。你的同寶姑娘的一樣。林姑娘同二姑娘三姑娘四姑娘只單有扇子同数珠兒。別人都沒了。大奶奶二奶奶他兩个是每人兩疋紗。兩疋羅。兩个香袋兒。兩个錠子藥。寶玉聽了笑道這是怎麼个原故。怎麼林姑娘的倒不同我的

一様。倒是寶姊姊的同我一様。別是傳錯了罷。襲人道昨兒拿
出来。都是一分一分的寫着籤子。怎麽就錯了。你的是在老太
太屋裏的。我去拿了来了。老太太説了明兒叫你一个五更天
進去謝恩呢。寶玉道自然要走一淌。説着便叫紫鵑来拿了這
个到林姑娘那裏去。就説是昨兒我得的。愛什麽留下什麽。紫
鵑荅應了拿了去。不一時回来説。林姑娘説了。昨兒也得了。二
爺留着罷。寶玉聽説便命人收了。剛洗了臉。出来要往賈母那
裏請安去。只見林黛玉頂頭来了。寶玉趕上去笑道。我的東西

叫你揀。你怎麼不揀。林黛玉昨日所惱寶玉的心事。早又丟開。
只顧今日的事了。因說道我沒這个大福承受。比不得寶姑娘。什
麼金。什麼玉的。我們不過是个草木之人。寶玉聽他提出金玉
二字來。不覺心動疑猜。便說道除了別人說什麼金什麼玉。我
心裏要有這个想頭。天誅地昧。萬世不得人身。林黛玉聽他這
話。便知他心裡動了疑。忙又笑道好沒意思。白白的說什麼誓。
管你什麼金什麼玉的呢。寶玉道我心裏的事。也難對你說。日
後自然明白。除了老太太老爺太太這三个人。第四个就是妹

九

妹了。要有第五个人。我也說个誓。林黛玉道你也不用說誓。我
狠知道你心裡有妹妹。但只是見了姊姊。就把妹妹忘了。寶玉
道那是你多心。我再不的。林黛玉道昨兒寶丫頭不替你圓謊。
為什麼問着我呢。那要是我。你又不知怎麽樣了。正說着只見
寶釵從那邊来了。二人便走開了。寶釵分明看見。只粧着不見。
低着頭過去了。到了王夫人那裏坐了一回。然後到了賈母這
邊。只見寶玉在這裏呢。（薛）寶釵因往日母親同王夫人等曽提過
金鎖是个和尚給的。等日後有玉的方可結為婚姻等語。所以

總遠着寶玉。昨日見元春所賜的東西。獨與他和寶玉一樣。心裏越没意思起來。幸喜寶玉被一个林黛玉纏綿住了。心心念念只記掛着林黛玉。並不理論這事。此刻忽見寶玉笑向道。寶姊姊我瞧瞧你的紅麝串子。可巧寶釵昨晚上籠了一串。見寶玉問他。少不得褪了下來。寶釵原生的肌膚豐澤。容易褪了下來。寶玉在旁看着雪白一段酥臂。不覺的動了羨慕之心。暗暗想道這个膀子。要長在林妹妹身上。或者還得摸一摸。偏生長在他身上。正是恨没福的摸。忽然想起金玉一事來。再看看寶

手

釵形容。只見臉似銀盆。眼同水杏。唇不點而紅。眉不畫而翠。比林黛玉別具一種嫵媚風流。不覺就獃了。寶釵褪下串子来遞與他。也忘了接。寶釵見他怔了。自己倒不好意思的。丢下串子。回身才要走。只見林黛玉登着門檻子。嘴裡咬着手帕子笑呢。寶釵道。你不（又禁）得風兒吹。怎麽又站在那風口裏。林黛玉笑道。何曾不是在屋裏的。只因天上一聲叫。出来瞧了一瞧。原来是個獃雁。薛寶釵道。獃雁在那裡呢。我也瞧瞧。林黛玉道。我才出来。他就忒兒一聲飛了。口裏說着。将手裏帕子一甩。向寶玉臉上

甩来。寶玉不防正打在眼上。噯呀了一聲。要知端的。且聽下回

分解。

玊

紅樓夢第二十九回

享福人福深還禱福　多情女情重愈斟情

話說寶玉正自發怔不想黛玉將手帕子甩了来正碰在眼睛上唬了一跳問是誰林黛玉搖着頭兒笑道不敢是我失了手因為寶姐姐要看獃雁我比給他看不想失了手寶玉揉着眼睛待要說什麽又不好說的一時鳳姐兒来了因說起初一日在清虛觀打醮的事来約着請寶釵寶玉黛玉等看戲去寶釵笑道罷罷怪熱的什麽没看過的我就不去了鳳姐兒道他們那

裏涼快。兩邊又有樓。咱們要去。我頭幾天打發人去把那些道士都趕出去。把樓上打掃了。掛起簾子来。一箇閒人不許放進去。纔是好呢。我已經回了太太了。你們不去。我去。這些日子也閒的狠了。家裏唱動戲。我又不的（得）舒舒服服的看。賈母聽說笑道。既這麽着。我同你去。鳳姐聽說笑道。老祖宗也去。乾淨好了。就這是我又不受用了。賈母道。到明兒我在正面樓上。你在旁邊樓上。你也不用到我這邊来立規矩。不好。鳳姐笑道。這就老祖宗疼我了。賈母因向寶釵道。你也去。連你母親也去。長天

老日的在家裏也是睡覺。寶釵只得答應着。賈母又打發人去
請了薛姨媽。順路告訴王夫人要帶了我們姊妹去。王夫人一
則身上不好。二則預備着元春有人出来。早已回了不去的。聽
賈母如此說。笑道還是這麼高興。因打發人去到園裏告訴有
要徃去的。只管初一跟了老太太徃去。這箇話一揚開了。別人
都還可已。只是那些丫頭們。天天不得出門檻兒。聽了這話。誰
不要去。便是各人的主子懶伐[怠]去。他也百般的攛掇去。因此李
宮裁等都說去。賈母心中越發歡喜。早已吩咐人去打掃安置。

二

都不必細說。單表到了初一。這一日榮國府門前車轎紛紛。人馬簇簇。那底下凡執事人等。聞得是賈妃作好事。賈母親去拈香。正是初一日乃月之首日。況是端陽節間。因此凡動用的什物。一色都是齊全的。不同往日。少時賈母等出來。賈母坐一乘八人大轎。李氏鳳姐兒薛姨媽每人一乘四人轎。寶釵黛玉二人共坐一輛翠蓋珠纓八寶車。迎春探春惜春三人共坐一輛朱輪華蓋車。然後賈母的丫頭鴛鴦。鸚鵡。琥珀。珍珠。黛玉的丫頭紫鵑。雪雁。春纖。寶釵的丫頭鶯兒。文杏。迎春的丫頭司棋。綉

橘探春的丫頭侍書翠墨惜春的丫頭入畫彩屏薛姨媽的丫
頭同喜同貴外帶着香菱香菱的丫頭臻兒李氏的丫頭素雲
碧月鳳姐的丫頭平兒豐兒小紅並王夫人的兩个丫頭也要
跟了鳳姐兒来的金釧彩雲奶子抱着大姐兒帶着巧姐兒另
在一車還有兩个丫頭一共再連上各房的老媽媽奶娘並跟
出門的家人媳婦子烏壓壓的占了一街的車賈母等已經坐
轎去了多遠這門前尚未坐完這个說我不同你在一處那个
說你壓了我們奶奶包袱那邊車上又說擠了我的花兒這邊

又說磞斷了我的扇子。咭咭呱呱。說笑不絕。周瑞家的走来過
去的說道。姑娘們這是街上。看笑話。說了兩遍。方覺好了。前頭
全副執事擺開。早已到了清虛觀門口。寶玉騎着馬。在賈母轎
前。街上人都站在兩旁。將至觀前。只聽鐘鳴鼓響。早有張法官
執香披衣。帶領衆道士在路旁迎接。賈母的轎剛至山門以内。
賈母在轎内因看見有守門大帥。並千里眼。順風耳。當坊土地。
本境城隍。各位泥胎塑像。便命住轎。賈珍帶領各子弟上来迎
接。鳳姐兒知道鴛鴦等在後面趕不上来攙賈母。自己下了轎。

忙要上来搀。可巧有個十二三歲的小道士兒。拿着剪筒照管剪各處的蠟花。正欲得便且藏出去。不想一頭兒撞在鳳姐兒懷裡。鳳姐便一揚手。照臉一下。把那小孩子打了一個觔斗。罵道驢牛肏的。朝那裡跑。那小道士也不顧拾蠟剪。爬起来往外要跑。正值寶釵等下車。衆婆娘媳婦圍遮的風雨不透。但見一个小道士滚了出来。都喝聲叫拿拿拿。打打打。賈母聽了忙問是什麽了。賈珍忙出来問。鳳姐上去搀住賈母。就回說一个小道士兒剪燈花的。没躲出去。這會子混鑽呢。賈母聽說。忙道快

四

帶了那小孩子来。別唬着他。小門小户的孩子。都是嬌生慣養
慣了的。那裡見得這个勢派的。或唬着他倒怪可憐見的。他老
子娘豈不疼的。慌說着便叫賈珍去好生帶了来。賈珍只得去
拉了那孩子来。那孩子還一手拿着蠟剪。跪在地下亂戰。賈母
命賈珍拉起来。叫他不要怕。問他幾歲了。那孩子痛的說不出
話来。賈母還說可憐見的。又向賈珍道珍哥兒帶他去。給他些
錢買菓子喫。別叫人難為他。賈珍荅應領他去了。這裡賈母帶
着衆人一層一層瞻拜。一處一處觀玩。外面小厮們見賈母等

進入二層山門。忽見賈珍領了一個小道士出来。叫人来帶去
給他幾百錢。不要難為了他。家人聽說。忙上来領了下去。賈母
站在臺磯上。因問管家在那裏。底下站的小廝們見問。都一齊
喝聲說叫管家。登時林之孝一手整理着帽子跑了来。到賈珍
跟前。賈珍道雖說這裏地方大。今兒不承望来這麼些人。你使
的人你就帶到這院裏去。使不着的打發到那院裏去。把小廝
們多挑幾個在這二層門上。同兩邊的角門上。伺候着要東西
傳話。你可知道不知道今兒小姐奶奶們都出来。一個閒人也

五

到不了這裏。林之孝忙答應曉得。又說了幾個是。賈珍道去罷。

又問怎麽不見蓉兒。一聲未了。只見賈蓉從鐘樓裏跑了出来。

賈珍道瞧瞧他。我這裏也不熱。他倒乘凉去了。喝命家人啐他。

小厮們都知道賈珍素日的性子違拗不得。有一小厮便上来

向賈蓉臉上啐了一口。賈珍又道問着他。那小厮便問賈蓉道

爺還不怕熱。哥兒怎麽先乘凉去了。賈蓉托着手一聲不敢說。

那賈芸賈芹賈萍等聽見了。不但他們慌了。亦且連賈璉賈瑞

賈瓊等也都慌。一個一个從墻根地下漫漫的溜下来。賈珍又

向賈蓉道你站着作什麽。還不騎了馬到家裏告訴你母親去。
老太太同姑娘們都来了。叫他們快来伺候。賈蓉聽說忙跑了
出来。一疊聲要馬。一面報怨道早都不知道作什麽的。這會子
尋起我来。一面又罵小厮細着手呢。馬也拉不来。要打發小厮去。
又恐怕後来對出来。說不得親自走一淌。騎馬去了。不在話下。
且說賈珍方要抽身進来。只見張道士站在旁邊陪笑說道。論
理我不比別人。應該裏頭伺候。只因天氣炎熱。衆位千金都出
来了。法官不敢擅入。請爺的示下。恐老太太問。或要隨喜那裏。

六

我只在這裏伺候罷了○賈珍知道這張道士雖然是當日榮國
公的替身○曾経先皇御口親呼為大幻仙人○如今現掌道録司
印○又是當今封為終了真人○現今王公藩鎮都稱他為神仙○所
以不敢輕慢○二則他又常往兩個府裏去○凡夫人小姐都是見
的○今見他如此說○便笑道咱們自己○你又說起這話来○再多說○
我把你這鬍子還撏了你的○還不跟我進来○那張道士呵呵大
笑着跟了賈珍進来○賈珍到賈母跟前○欠身陪笑說道○張爺爺
進来請安○賈母聽了○忙道接他来○賈珍忙去攙了過来○那張道

士呵呵大笑道。無量壽佛。老祖宗一向福壽康寧。衆位奶奶小姐納福。一向没到府裏請安。老太太氣色越發好了。賈母笑道老神仙你好。張道士笑道。托老太太萬福萬壽。小道也還康健。别的倒罷。只記掛着哥兒。一向身上好。前日四月二十六日。我這裏做遮天大王聖誕。人也来的少。東西也很乾淨。我説請哥兒来逛逛。怎麽説不在家。賈母説道。果真不在家。一面回頭叫寶玉。誰知寶玉解手去了纔来。忙上前問張爺爺好。張道士抱住忙問了好。又向賈母笑道。哥兒越發發福了。賈母道。他外頭

好裏頭弱又搭着他老子逼着他念書生生的把個孩子逼出
病来了張道士道前日我在好幾處看見哥兒寫的字作的詩
都好的了不得怎麽老爺還報怨說哥兒不大喜歡念書呢依
小道看来也就罷了又嘆道我看哥兒的這個形容身段言談
舉動怎麽就同當日國公爺一箇樣子說着兩眼流着淚来賈
母聽說也由不得滿臉泪痕說道正是呢我養了這些兒子孫
子也没個像他爺爺的就只這玉兒像他爺爺那張道士又向
賈珍道當日國公爺的模樣兒爺們一輩的不用說自然没趕

上。大約連大老爺二老爺也記不清楚了。說畢呵呵又一大笑道。前日在一個人家看見一位小姐。今年十五歲了。生的倒也好個模樣兒。我想着哥兒也該尋親事了。若論這個小姐模樣兒。聰明智慧。根基家當。倒也配得過。倒不知老太太怎麼樣。小道也不敢造次。等請了老太太示下。纔敢向人去開口。賈母道上面有個和尚說了這孩子命裏不敢早娶。等再大一大兒再定罷。你可如今也打聽着。不管他根基富貴。只要模樣兒配的上。就来告訴我。便是那家子弟。不過給他幾兩銀子也罷了。只

是模樣兒性。格兒。難得好的。說畢只見鳳姐兒笑道。張爺爺我
們丫頭的寄名符兒。你也不換去。前兒虧你還有那麽大臉打
發人和我要鵞黄緞子去。我要不給你。又恐怕你那老臉上過
不去。張道士呵呵大笑道。你瞧。我眼花了。也没看見奶奶在這
裏。也没道多謝。符蚤已有了。前日原要送去的。不指望娘娘来
做好事。就混忘了。還在佛前鎮着。待我取来。說着跑到大殿上
去。一時拿了一個茶盤子。搭着大紅蟒緞經袱子托出符来。大
姐兒的奶子接了符。張道士方欲抱過大姐兒来。只見鳳姐笑

道。你就手裏拿出来罷了。又用了盤子托着。張道士道手裡不
乾不浄的。怎麽拿。用盤子潔浄些。鳳姐兒笑道。你只顧拿出盤
子。倒唬我一跳。我不説你是為送符。倒像是和我們化佈施来
了。衆人聽説。鬨然一笑。連賈珍也掌不住笑了。賈母回頭道猴
兒猴兒。你不怕下割舌地獄。鳳姐兒笑道。我們爺兒們不相干。
他怎麽常常的説我該積陰隲。遲了就短命呢。張道士也笑道
我拿出盤子来。一舉兩用。却不為化佈施。倒要將哥兒的這玉
請了下来。托出去給那些遠来的道友。並徒子徒孫們見識見

識。賈母道既這麼着。你老人家老天拔地的跑什麼。就帶他去瞧了。叫他進来。豈不省事。張道士道老太太不知道。看着小道士是八十多歲的人。托老太太的福。倒也健朗。二則外面的人多。氣味難聞。況是箇暑熱的天。哥兒受不慣。倘或哥兒中了腌臢氣味。倒值多的。賈母聽說。便命寶玉摘下通靈玉来放在盤内。那張道士兢兢業業的用蟒袱子墊着。捧了出去。這裏賈母與衆人各處遊玩了一回。方去上樓。賈珍回說張爺爺送了玉来。剛說着。只見張道士捧了盤子走到跟前。笑道衆人托小道

的福。見了哥兒的玉。寔在希罕。都没什麽敬賀之物。這是他們
各人傳道法器。都愿意為敬賀之禮。哥兒便不希罕。只留着在
房裏頑耍賞人罷。賈母聽說向盤内看時。只見也有金璜。也有
玉玦。或有事事如意。或有歲歲平安。皆珠穿寶貫。玉琢金鏤。共
有三五十件。因說道你也胡鬧。他們出家人是那裏来的。何必
這樣。這斷不敢收。張道士笑道這是他們敬意。小道也不敢阻
擋。老太太若不留下。豈不叫他們看着小道微薄。不像是門下
出身了。那賈母聽如此說。方命人接下了。寶玉笑道老太太。張

爺爺既說又推辭不得。我要這個也無用。不如叫小子捧了這個。跟着我去散給窮人罷。賈母笑道說的是。張道士又忙攔道哥兒雖要行好。但這些東西。雖說不甚希奇。到底也是幾件器皿。若給了乞丐。一則與他們無益。二則反倒遭塌這些東西。施捨窮人。何不就散錢與他們。寶玉聽說便命收下。等晚間拿錢施捨罷了。說畢張道士方退出。這裏賈母與衆人上了樓。在正面樓上歸坐。鳳姐等占了東樓。衆丫頭等在西樓輪流伺候。賈珍一時來回神前拈了戲。頭一本白蛇記。賈母問白蛇記是什麽故事。賈珍道是漢高祖斬蛇方起義的故事。第二本是滿牀笏。賈母笑道這倒是第二本。旦也罷了。神佛要這樣。也只得罷了。又問第三本。賈珍道第三本是南柯夢。賈母聽了便不言語。賈珍退了下来。至外邊預伸表焚錢糧。開戲。不在話下。且説寶玉在樓上。坐在賈母旁邊。因叫小丫頭子捧着方纔那一盤子賀物。將自己玉帶上。用手翻弄尋擦。一件一件挑與賈母看。賈母看見有個赤金上翠的麒麟。便伸手拿了起来笑道。這件東西。好像我看見誰家的孩子也帶着這麽一個的。寶釵笑道。史

十

大妹妹有一個。比這箇小些。賈母道。是雲兒有這箇。寶玉道他
這向往我們家去住着。我也沒看見。探春笑道。寶姐姐有心。不
管什麽他都記的。林黛玉笑道。他在別的上心還有限。惟有這
些人帶着東西。越發留心。寶釵聽說。便回頭裝沒聽見。寶玉聽
見史湘雲有這件東西。自已便將那麒麟忙拿起来。揣在懷裏。
一面心裏又想到怕人看見他聽見史湘雲有了。他就留這件。
因叫手裏揣着。却拿眼睛瞟人。只見衆人都倒不理論。惟有林
黛玉瞧着他點頭兒。似有讚嘆之意。寶玉不覺心裏沒好意思

起来。又摘了出来向黛玉笑道。這箇東西倒好頑。我替你留着。到了家穿上你帶。林黛玉将頭一扭。説道我不希罕。寶玉笑道你果然不希罕。我少不得就拿着。説着又揣了起来。剛要説話。只見賈珍賈蓉的妻子婆媳兩個来了。因叫見過賈母。方説你們又来作什麽。我不過没事来逛逛。一句話没説了。只見人報馮将軍家有人来了。原来馮紫英家聽見賈母在廟裏打醮。連忙預備了猪羊香燭茶食之類的東西送禮。鳳姐兒聽了趕進正樓。拍手笑道噯呀。我就不防這個。只説咱們娘兒們来閒逛逛。人家當是咱們大擺齋壇的来送禮。都是老太太鬧的。又不曾預備賞封兒。剛說了。只見馮家的管家的兩個娘子上樓来了。馮家的兩個来。接着冒侍郎家也有禮来了。于是接二連三。都聽見賈府打醮。家眷都在廟裡。凡一應遠親近友。世家相與都来送禮。賈母纔後悔起来。又是什麽正緊齋事。我們不過閒逛逛。就想不到這裏上。没的驚動了人。因此雖看了一天戲。至下午便回来了。次日便懶待〔怠〕去。鳳姐又說打墻也是動土。已驚動了人。今兒樂的還去逛逛。那賈母昨日見張道士提起寶玉說親的事来。誰知寶玉一日心中不自在。因家来生氣。嗔着張道士與他說了親。口口聲聲。從今已後再不見張道士了。別人也不知什麽緣故。二則林黛玉昨日回家又中了暑。因此二事。賈母便執意不去了。鳳姐見不去。自己帶了人去。不在話下。且說寶玉因此見林黛玉病了。心裏放不下。飯也懶去喫。不時来問。林黛玉又怕他有個好歹的。說道你只管看他的戲去。在家裏作什麽。寶玉因昨日張道士提親。心中大不受用。今聽見林黛玉如此說。心裏因想到別人不知我的心還可恕。連他也奚

十三

落起我来。因此心中比往日的煩惱加了百倍。若是別人跟前斷不能動這乾火。只是林黛玉說了這話。倒比往日別人說這話不同。由不得立刻沉下臉来。說道我白認得了你。罷了罷了。林黛玉聽說。便冷笑了兩聲道。白認得了我。那裡像人家有什麼配的上呢。寶玉聽了便向前来指臉上問道。你這麼說。是安心咒我天誅地滅。林黛玉一時解不過這話来。寶玉又道昨兒還為這個賭了咒。今兒你倒底又准我一句。我便天誅地滅。你又有什麼益處。林黛玉一聞此言。方想起上日的話来。今日原

自已説錯了又是着急又是羞愧便鎮鎮（戰〻）兢兢的説道我要安
心的咒你我也天誅地滅何苦来我知道昨日張道説親你怕
阻了他好姻緣你心裏生氣来拿我煞性子原来那寳玉自幼
生成有一種下流痴病況從幼時和黛玉耳鬢相磨心情相對
及如今稍明時事又看了那些邪書稗傳凡遠親近友之家所
見的那些閨英闈秀皆未有稍及林黛玉者所以早存了一段
心事只不好説出来故每每或喜或怒變盡法子暗中試探那
林黛玉偏生也是個有些痴病的也每用假情試探因而你也

將真心真意瞞了起来。只用假意。我也將真心真意瞞了起来。只用假意。如此兩假相連。終有一個其間瑣瑣碎碎。難保不有口角之爭。即好〔如〕此刻寶玉的心内想的是別人不知我的心。還有可恕。難道你就不想我的心裏眼裏只有你。你不能為我煩惱。反来以這話奚落堵噎我。可見我心裏一時一刻白有你。你竟心裡沒有我。心裏這意思只是口裏說不出来。那林黛玉心裏想着。你心裏自然有我。雖有金玉相對之說。你豈是重這邪說不重我的。我便時常提這金玉。你只管了然視有如無的。方

見的是待我重○而毫無此心了○如何我只一提金玉的事○你就
着急○可知你心裏時時有金玉○見我一提金玉○你又怕我多心○
故意着急○安心哄我○看来兩個人原本是一個心○但都多生了
枝葉○反弄成兩個心了○這寶玉心中又想着我不管怎麽樣都
好○只要你隨[遂]意○我便立刻應你○死了也情愿○你知我也罷○不知
也罷○只有我的心可見○你方和我近○不和我遠○那林黛玉心裏
又想着你只管你○你好我自好○你何必為我而自失○殊不知你
失我自失○可見你不叫我近你○有意叫我遠你了○如此看来○却

圭

都是求近之心。反弄成疏遠之意。皆他二人素習所存邪心也。難備述。如今且述他們外面的形容。寶玉又聽見他說好姻緣三字。越發抝了巳意。心裏乾噎。口裏說不出話来。賭氣向頭上抓下通靈玉来。咬牙恨命往地下一摔。道這撈什子。我砸了你完事。偏生那玉堅硬非常。摔了一下。竟聞風不動。寶玉見不摔碎。便回身找東西来砸。林黛玉見他如此。早巳哭起来。說道何苦来。你摔砸那啞叭物件。要砸他不如来砸我。二人鬧着。紫鵑雪雁等忙来解勸。後見寶玉下死砸玉。忙上来奪。又奪不下来。

纔奪了下来。寶玉冷笑道我砸我的東西。與你們什麼相干。襲人見他臉都氣黄了。眉眼都變了。從来没氣的這樣。便拉着他的手笑道。同你妹妹辯嘴。不犯着砸他。倘或砸壞了。叫他心裏臉上怎麼過的去。林黛玉一行哭着。一行聽了這話說到自己心坎兒上来。可見寶玉連襲人不如。越發傷心大哭起来。心裏一煩惱。方纔的香薷飲解暑湯。便承受不住哇的一聲都吐了出来。紫鵑忙上来用手帕子接住。登時一口一口的。把塊手帕子吐濕。雪雁上来搥。紫鵑道雖然生氣。姑娘倒底也該保重着。

六

纔喫了藥好些。這會子因向寶二爺辯嘴。又吐了出来。倘或犯
了病。寶二爺怎麽過的去呢。寶玉聽了這話說到自己心坎兒
上来。可見黛玉不如一紫鵑。又見林黛玉臉紅頭脹。一行啼哭。
一行氣湊。一行是泪。一行是汗。不勝怯弱。寶玉見了這般。又自
巳後悔方纔不該同他較証。這會子他這樣光景。我又替不了。
他心裏想着。由不得也滴下泪来了。襲人見他兩個哭。由不得
守着寶玉也心酸起来。又摸着寶玉的手冰涼。待要叫寶玉不
哭罷。一則又恐寶玉有什麽委屈悶在心裏。二則又恐薄了林

黛玉。不如大家一哭。就丢開手了。因此也流下泪来。紫鵑一面收拾了吐的葯。一面拏扇子替林黛玉輕輕的扇着。三個人都鴉雀無聲。各自哭各自巳的。由不得傷起心来。也拿手帕子擦泪。四個人也無言對泣。一時襲人勉强笑向寶玉道。你不看別的。你看看這玉上穿的穗子。也不該同林姑娘辯嘴。林黛玉聽了。不顧病。趕来奪過去。順手抓起一把剪子来要剪。襲人紫鵑要奪。巳經剪了幾段。林黛玉哭道。也是白効力。他也不希罕。自有別人替他再穿好的去。襲人忙接了玉道。何苦来。這是我纔

多嘴的不是了。寶玉向黛玉道。你只管剪。我横竪不帶他。也没
甚麽。只顧裏頭鬧。誰知那些老婆子們見林黛玉大哭。寶玉又
砸玉。不知要到什麽田地。倘或連累了他們。便一齊往前頭回
賈母王夫人知道。好不干連了他們。那賈母王夫人見他們忙
忙的作一件正緊事来告訴。也都不知有了什麽大禍。便一齊
進園来瞧他兄妹。急的襲人抱怨紫鵑為什麽驚動了老太太
太太。紫鵑又當只是襲人告訴的。也抱怨襲人。那賈母王夫人進
来。見寶玉也無言。林黛玉也無語。問起来又没為什麽事。便將

這禍多移到襲人紫鵑兩個人身上。說你們為什麼不小心伏[服]
侍。這會子鬧起来都不管了。因此將他二人連罵帶說教訓了
一頓。二人都没話。只得聽着。還是賈母帶了寶玉去了。方總平
服。過了一日。初三日乃薛璠生日。家裏擺酒唱戲。来請賈府諸
人。寶玉因得罪了林黛玉了。二人總未見面。心中正是後悔。無
精打彩的。那裡還有心腸去看戲。因而推病不去。林黛玉不過
前日中了些暑溽之氣。本無甚大病。聽見他不去。心裏想他是
好喫酒看戲的。今日反不去。自然是因為昨兒氣着了。再不然

六

見我不去。他也没心腸去。只是昨兒千不該萬不該剪了那玉的穗子。管定他再不帶了。還得我穿了他纔帶。因而心中十分後悔。那賈母見他兩個都生了氣。只說起今兒那邊去看戲。他兩個見了。也就完了。不想又都不去。老人家急的抱（報）怨。說我這老寃家。自那世裏孽障。偏生遇見了這麽兩個不省事的小寃家。没有一天不叫我操心。真是俗語說的不是寃家不聚頭。幾時我閉了這眼。斷了這口氣。凴這兩個寃家鬧上天去。眼不見。心不煩。也就罷了。偏又不嚥這口氣。自己抱（報）怨着也哭了。這話傳入寶黛二人耳內。原來他二人竟從未聽見過不是寃家不聚頭的這句話。如今忽然得了這句話頭。好似參禪的一般的。都細嚼這句的滋味。都不覺潸然泣下。雖不曾會面。然一個在瀟湘館臨几洒泪。一個在怡紅院對月長吁。却不是人居兩地。情發一心。襲人因勸寶玉道千萬不是。都是你的不是。往日家裏小廝們和他的姊妹辯嘴。或是兩口子分爭。你聽見了還罵小廝們蠢。不能體貼女孩兒們的心腸。如今兩個這麼仇人似的。老太太越發要生氣。一定弄得不安身。依我勸你正緊下個

九

氣。陪個不是。大家不是照常一樣。這麼也好。那麼也好。那寶玉

聽了。不知依與不依。要知端詳。且聽下回分解。

紅樓夢第三十回

寶釵借扇機帶雙敲　椿齡劃薔痴及局外

話說林黛玉自與寶玉口角後也自後悔但無去就他之理因此日夜悶悶如有所失紫鵑度其意乃勸道論前日之事竟是姑娘太浮躁了些別人不知寶玉那脾氣難道咱們也不知道的為那玉也不是鬧了一遭兩遭了黛玉啐道你別來替人派我的不是我怎麽浮躁了紫鵑笑道好好為什麽又剪了他穗子豈不是寶玉只有三分不是姑娘倒有七分不是我看他素

日在姑娘身上就好。皆因姑娘小性兒常要歪派他。纔這模樣。林黛玉欲荅話。只聽院門外叫門。紫鵑聽了一聽。笑道這是寶玉的聲音。想不（必）是来陪不是来了。這麽暑天毒日頭地下。曬壞了他。如何使的呢。口裏說着。便出去開門。果然是寶玉。一面讓他進来。一面笑着說道。我只當寶二爺再不上我們這門了。誰知這會子又来了。寶玉笑道。你們把極小的事倒說大了。好好的為什麽不来。我便死了。魂也要一日来一百遭。妹妹可大好了。紫鵑道身上病大好了。只是心裏氣不大好。寶玉笑道我曉

得有什麽氣。一面說着一面進來。只見林黛玉又在牀上哭。那

黛玉本不曾哭。聽見寶玉來由不得傷了心止不住滾下淚來。

寶玉笑着走近牀道妹妹身上可大好了。林黛玉只顧拭淚並

不答應寶玉因便挨在牀上坐了。一面笑道我知道你不惱我

但只是我不來叫旁人看着倒像是咱們又辯了嘴的似的若

等他們來勸咱們那時節豈不咱們到覺生分了。不如這會子

你要打要罵憑着你怎麽樣千萬別不理我說着又把好妹妹

叫了幾聲林黛玉心中原是理寶玉的。這會子聽見寶玉說因

二

叫人知道他們辯了嘴。就生分了似的這一句話。又可見得比

人原親近。因又掌不住便笑道。你也不用来哄我。從今已後我

也不親近。二爺也全當我去了。寶玉聽了笑道你往那裏去呢。

林黛玉道我死了。寶玉道你死了我作和尚。林黛玉一聞此言。

登時將臉放下来問道。想是你要死了。胡說的是什麽。你家倒

有幾個親姐姐親妹妹呢。明兒都死了。你幾個身子去作和尚。

明兒我倒把這話告訴人去評評。寶玉自知這話說的造次了。

後悔不来。登時紅脹了臉。低了頭不敢做聲。幸而屋裏没人。林

黛玉兩眼直瞪瞪的瞅了他半天。氣的一聲兒也說不出来。只見寶玉臉上鱉的紫脹。便咬着牙用指頭恨命的在他額顱上戳了一下。哼了一聲。咬牙說道。你這句話。剛說了兩個字。便又嘆了一口氣。仍拿起手帕子来擦眼泪。寶玉心裏原有無限心事。又兼說錯了話。正自後悔。又見黛玉戳了他一下。要說也說不出来。自嘆自泣。因此自已也有所感。不覺滚下淚来。要用帕子揩拭。又想又忘了帶来。便用衫袖去擦。林黛玉雖然哭着。却一時看見了。見他穿着簇新的藕合紗衫。竟去拭泪。便一面自

三

已拭着淚。一面回身將枕搭的一方銷金帕拿起來。向寶玉懷裏一摔。一語不發。仍掩面自淚。寶玉見他摔了帕子來。忙接住拭了泪。又挨近前些。伸手挽了林黛玉一隻手笑道。我的五臟都碎了。你只是哭。走罷。我同你往老太太跟前去。林黛玉將手一摔道。誰同你拉拉扯扯的。一天大如一天的。還這樣頑皮賴臉的。連個道理也不知道。一句話没說完。只聽喊道好了。寶黛兩個不防。都唬一跳。回頭看時。只見鳳姐兒跑了進來。道老太太在那裏抱（報）怨天。抱（報）怨地。只叫我來瞧瞧你們好了没有。我說不用瞧。過不了三日。他們自已就好了。老太太罵説我懶。我来了果然應了我的話。也沒見你們兩個有些什麽可搬（拌）嘴的。三日好了。兩日惱了。越大越孩子（氣）了。又這會子拉着手笑的。昨兒又為什麽成了烏眼雞呢。還不跟我走到老太太跟前。叫老人家也放些心。説着拉了林黛玉就走。林黛玉回頭叫丫頭們。一个也沒有。鳳姐道又叫他們作什麽。有我伏（服）侍你呢。一面説一面拉了就走。寶玉在後面跟着。出了園門。到了賈母跟前。鳳姐兒笑道我説他們不用人費心。自已就會好的。老祖宗不信。一

四

定叫我去說合。及至到那裡要說合。誰知兩個倒在一處對陪不是了。對笑對訴。倒像黃鷹拉鷂子的脚。兩個都扣了環。那裡還要人去說合。說的滿屋裏都笑起来。此時寶釵正在這裏。林黛玉只一言不發。挨着賈母坐下。寶玉沒甚說的。便向寶釵笑道大哥哥好日子。偏生我又不好了。沒别的禮送。連個頭也不得磕。大哥哥不知我病。倒像我懶。推故不去的。倘或明兒閑了。姐姐替我分辯分辯。寶釵笑道這也多事。你便要去。也不敢驚動。何況身上不好。兄弟們日日一處。要存這個心。倒生分了。寶玉又笑道。姐姐知道體諒我就好了。又道姐姐怎麽不看戲去。
寶釵道我怕熱。看兩齣熱得很。要走。客又不放我。少不的推身
上不好。就来了。寶玉聽說自己由不得臉上没意思。只得又搭
訕笑道。怪不得他們拿姐姐比楊妃。原也體豐怯熱。寶釵聽說。
不由得大怒。待要怎樣。又不好得怎樣。回思了一回。臉紅了起
来。便冷笑了兩聲。說道我像楊妃。只是没一個好哥哥好兄弟
可以做得楊國忠的。二人正說。可巧小丫頭靚兒因不見了扇
子。和寶釵笑道。必是寶姑娘藏了我的。好姑娘賞我罷。寶釵指他

五

道。你要仔細。我和你頑過。你再疑我。和你嬉皮笑臉的那些姑娘們。你該問他們去。說的靛兒跑了。寶玉自知又把話說造次了。當着許多人更比纔在林黛玉跟前更不好意思。便急回身同別人搭赸去了。林黛玉聽見寶玉奚落寶釵。心中着寔得意。纔要答言。也趁勢取個笑。不想靛兒找扇子。寶釵又發了兩句話。他便改口笑道。寶姐姐你聽了兩齣什麽戲。寶釵因見林黛玉臉上有得意之態。一定是聽了寶玉方纔奚落之言。遂了他的心願。忽又見問他這話。便笑道我看的李逵罵了宋江。後来又陪不是。寶玉便笑道。姐姐通今博古。色色都知道。怎麽連一齣戲的名字也不知道。就説了這麽一串子。這叫負荊請罪。寶釵笑道原来這叫負荊請罪。别請罪。你們通今博古。纔知道負荊請罪。我不知道什麽是負荊請罪。一句話未説完。寶玉林黛玉二人心裏有病。聽了這話。早把臉羞紅了。鳳姐兒於這些上頭不通。但只看他三人形景。便知其意。便也笑着問人道你們大暑天。誰還喫生薑呢。衆人不解意。便説道没有喫生薑。鳳姐兒故意用手摸着腮。咤異道。既没人喫生薑。怎麽這麽辣辣的。

六

寶玉黛玉二人聽見這話○越發不好過了○寶釵欲說話○見寶玉十分慚愧○形景改變○也就不好再說○只得再笑收住○別人揔未解的他四個人的言語○因此付之流水○一時鳳姐兒寶釵去了○林黛玉笑向寶玉道○你也試着比我利害的人了○誰都像我心直口快的○有着人說呢○寶玉正因寶釵多了心○自已沒趣○又見林黛玉来問着他○越發没好氣起来○待要說兩句○又恐林黛玉多心○說不得忍着氣○無精打彩○一直出来○誰知目今盛暑之際○又當早飯已過○各處主僕人等○多半都因日長神倦之時○寶玉

背着手到一處一處鴉雀無聞。從賈母這裏出来。往西走過了穿堂。便是鳳姐兒的院落。到他院門前。只見院門掩着。知道鳳姐兒素日的規矩。每到天熱。午間自要歇一個時辰的。進去不便。遂進角門来到王夫人上房内。只見個丫頭子手裏拿着針線。却打盹兒。王夫人在裏間涼榻上。睡着金釧兒坐在旁邊搥腿。也乜着斜眼亂恍。寶玉輕輕的走到跟前。把他耳上帶的墜子摘。金釧兒睁開眼見是寶玉。寶玉悄悄笑道。就困的這麼着。金釧兒抿嘴一笑。擺手令他出去。仍合上眼。寶玉見了他。就有

七

些戀戀不捨的。悄悄的探頭瞧瞧王夫人合着眼。便自已向身邊荷包裏帶的香雪梨津丹掏出了一丸出來。便向金釧兒口裏一送。金釧兒並不睜眼。只管噙了。寶玉上來便拉着手。悄悄的笑道。我明兒合太太討你。偺們在一處罷。金釧不荅。寶玉又道不然等太太醒了我就討。金釧兒睜開眼將寶玉一推。笑道你忙什麼。金簪子掉在井裏頭。有你的只是有你的。連這句話難道也不明白。我到告訴你的巧宗兒。你往東小院子裏拿環哥兒同彩雲去。寶玉笑道憑你他怎麼去罷。我只守着你。只見王夫人翻身起来。照金釧兒臉上打了個嘴巴。指着罵道下作小娼婦。好好的爺們。都叫你們教壞了。寶玉見夫人起来。早一溜烟去了。這裏金釧兒半邊臉火熱。一聲不敢言語。登時衆丫頭聽見王夫人醒了。都忙進来。王夫人便叫玉釧兒把你媽叫上来。帶出你姐姐去。金釧兒聽見說。忙跪下哭道我再不敢了。太太要打罵。只管發落。别叫我出去。就是天恩了。我跟了太太十来年。這會子攆出去。我還見人呢。王夫人固然是個寬仁慈厚的人。從来不曾打過丫頭們一下。今忽見金釧兒行此無恥之

八

事。嚴正如此。此乃平生最恨者。故氣忿不過。打了一下。罵了幾
句。雖金釧兒苦求。亦不肯收留。倒底喚了金釧兒之母白老媳
婦来領了下去。那金釧兒含羞忍辱的出去了。不在話下。且說
寶玉見夫人醒了。自已没趣。原進大觀園来。只見赤日當天。樹
陰合地。滿耳蟬聲。静無人語。剛到了薔薇花架。只聽有人哽噎
之聲。寶玉便悄悄的隔着籬笆洞兒一看。只見一个女孩子蹲
在花下。手裏拏着一根綰頭的簪子在地下摳去。一面悄悄的
流泪。寶玉心中想道。難道這也是個痴丫頭。又學顰兒来葬花

不成。因又自笑道若真也葬花。可謂東施效顰。不但不為新時。且更可厭了。想畢便要叫那女孩子說你不用跟着林姑娘學了。話未出口。幸而再看時。這女孩子面生。不是個侍兒。倒像是十二個學戲的女孩子之內一個。也辨不出他是生旦淨丑那一個脚色來。寶玉忙把舌頭一伸。將口掩住。自己想道幸而不曾造次。上兩回皆因造次了。顰兒也生氣。寶兒也多心。如今再得罪了他們。越發沒意思了。一面想一面又恨認不得這個是誰。再留神細看。只是這女孩子眉蹙春山。眼顰秋水。面薄腰纖。

九

嫋嫋婷婷。大有林黛玉之態。寶玉蚕又不忍棄他而去。只管痴看。只見他雖然用金簪掘地。並不是刨土埋花。竟是向土上畫字。寶玉用眼隨着簪子的起落。一直一畫一點一勾的看了去。數一數十八筆。自已又在手心裏用指頭按着他方纔下筆的規矩寫了。猜是個什麽字。寫成一想。原来這就是個薔薇花的薔字。寶玉想道必定是他也要作詩填詞。這會子見了這花園有所感。或者偶成了兩句。一時興至恐忘。在地下畫着推敲。也未可知。且看他底下再寫什麽。一面想一面又看。只見那女孩子還在那畫呢。畫來畫去。還是個薔字。再看還是一個薔字。裡面的原是早已癡了。畫完了一個薔。又畫一個薔。已經劃了有幾千個。外面的也不覺看癡了。兩個眼睛珠兒只管隨着簪動。心裏却想這女孩子一定有什麽話說不出。大心事。纔是這麽個形景。外面既是這個形景。心裏不知（怎麽）熬煎。看他的模樣兒。這般單薄。心裏那裡還擱得住熬煎。可惜我不能替你分些過來。伏中陰晴不定。扇去可致雨。忽一陣涼風過來。唰唰落下一陣雨來。寶玉看着那女子頭上滴下水來。紗衣裳登時濕了。寶玉

想道這是下雨。他這個身子如何禁得驟雨一激。因此禁不住
便說道不用寫了。你看下大雨。身上都濕了。那女孩子聽說。倒
唬了一跳。擡頭一看。只見花外一個人叫他不要寫。下大雨了。
一則寶玉臉面俊秀。二則花葉繁密。上下俱被枝葉隱住。剛露
着半邊臉。那女孩子只當是個丫頭。再不想是寶玉。因笑道多
謝姐姐提醒我。難道姐姐在外頭有什麼遮雨的。一句提醒了。
寶玉哎喲了一聲。纔覺得渾身冰涼。低頭一看。自已身上也都
濕了。說聲不好。只得一氣跑回怡紅院去了。心裏却還記掛着

那女孩子没處避雨。原来明日是端陽節。那文官等十二個女孩子都放了學。進園来各處頑耍。可巧小生寶官。正旦玉官。兩个女孩子正在怡紅院和襲人頑笑。被雨阻止。大家把溝堵了。水積在院内。把些緑頭鴨。花鸂鶒。彩鴛鴦。捉的捉。趕的趕。縫了翅膀。放在院内要。將院門關了。襲人等都在遊廊上嬉笑。寶玉見關着門。便以手扣門。裏面諸人只顧笑。那裡聽見。叫了半日。拍的門扇響。裏面方聽見了。估着寶玉這會子再不回来的。襲人笑道。誰這會子叫門。没人開去。寶玉道。是我。射月道。是寶姑

娘的聲音。晴雯道胡說。寶姑娘這會做什麽來。襲人道讓我隔
着門縫兒瞧瞧。可開就開。不可開叫他淋着去。說着便順着遊
廊到門前。往外一瞧。只見寶玉淋得水打雞一般。襲人見了又
是着忙。又覺可笑。忙開了門。笑的彎腰拍手道。你怎麽大雨裏
跑什麽。那裏知道是爺回来了。寶玉一肚子没好氣。滿心裏要
把開門的踢幾脚。及開了門。並不看真是誰。還只當是那些小
丫頭子們。便擡腿踢在那上。襲人噯喲了一聲。寶玉還駡道下
流東西們。我素日擔待你們的多了。一點兒也不怕。越發拏着

取笑兒了○口裏說着○一低頭見是襲人○方知踢錯了他○笑道哎
喲○是你來了○踢在那裏了○襲人從來不曾受過一句大話的○今
忽見寶玉生氣○踢他一下○又當着許多人○又是羞○又是氣○又是
疼○真一時置身無地○待要怎麼樣○料着寶玉未必是安心踢
他○忍着說沒有踢着○快去換衣裳去○寶玉一面進房來換衣○一
面笑道○我長了這麼大○今兒是頭一遭兒生氣打人○不想就偏
生遇見了你○襲人一面忍痛換衣裳○一面笑道我是個起頭兒
的人○不論事大事小○是好是反○自然也該從我起○但只是別說

十三

打了我。明兒順了手打起別人來。寶玉道我總也不是安心。襲人道誰說是安心了。素日開門關門的。都是那些小丫頭子們的事。他們是憨皮慣了的。早已恨的人牙疼。他們也沒個懼怕兒。你原當是他們。踢一下子唬唬他們也好。總剛是我淘氣不叫開門的。說着那雨已住了。寶官玉官也去了。襲人只覺那上疼的發悶。晚飯也不曾好生喫。至晚間洗澡時。脫了衣服。只見那上青了椀大一塊。自已倒唬了一跳。又不好聲張。一時睡下。夢中作痛。由不得哎喲了一聲。從夢中哼出。寶玉雖然不是安心。因見襲人懶懶的。也不安穩。忽夜間聞得哎喲。便知踢重了。自己下床来。悄悄的秉燈来照。剛到床前。只見襲人嗽了兩聲。吐出一口痰来。噯喲一聲。睜開眼見了寶玉。倒唬了一跳。道做什麼。寶玉道。你夢裡噯喲。必定踢重了。我瞧瞧。襲人道。我頭發暈。膝子裏又腥又甜。你倒照一照地下罷。寶玉聽說。果然持燈向地下一照。只見一口鮮血在地。寶玉慌了。只說了不得了。襲人見了。也就心冷了半截。要知端的。且看下回。

紅樓夢第三十一回

撕扇子作千金一笑　因麒麟伏白頭雙星

話說襲人見了自已吐的鮮血在地。也就冷了半截。想着往日常聽人說少年吐血。年月不保。縱然命長。終是廢人了。想起此言。不覺將着後爭榮誇耀之心。盡皆灰了。眼中不覺滴下泪来。寶玉見他哭了。也不覺心酸起来。因向道你心裡覺的怎麽樣。襲人勉強笑道好好的。覺怎麽樣呢。寶玉的意思即刻便要叫人燙黃酒。要山羊血。黎洞丸来。襲人拉了他的手笑道。你這一鬧不打緊。鬧起多少人家来。倒抱怨我輕狂。分明人不知道。倒鬧的人知道了。你也不好。我也不好。正經明兒你打發小子問一問王太醫去。弄點子藥喫喫就好了。人不知鬼不覺的。可不好。寶玉聽了有理。也只得罷了。向桌上斟了茶来給襲人漱了口。襲人知寶玉心内是不安穩的。待要不叫他伏侍。他又不依。二則定要驚動别人。不如由他去罷。因此只在榻上。由寶玉去伏侍。一交五更。寶玉也顧不的梳洗。忙穿衣出来。將王濟仁叫来。親自確問。王濟仁問其原故。不過是傷損。便說了個丸藥的名字。怎麽服怎麽數。寶玉問了。回園依方調治。不在話下。這日正是端陽佳節。蒲艾簪門。虎符繫背。午間王夫人治了酒。請薛家母女等賞午。寶玉見寶釵淡淡的。也不和他說話。自知是昨日原故。王夫人見寶玉無精打彩。也當是昨日金釧兒之事。他沒好意思的。越發不理他。林黛玉見寶玉懶懶的。只當是他因為得罪了寶釵的原故。心中不自在。形容也是懶懶的。鳳姐昨日晚間王夫人就告訴了他寶玉金釧的事。知道王夫人不自在。自已如何敢說笑。也隨着王夫人的氣色行事。更覺淡淡的。賈迎春姊妹見衆人没意思。也都没意思了。因此大家坐了一坐就散了。林黛玉天性喜散不喜聚。他想的也有個道理。他說人家有聚就有散。聚時喜歡。到散時豈不清冷。既清冷則生傷感。所以不如倒是不聚的好。譬如那花開時。令人愛慕。謝時則增惆悵。所以倒是不開的好。故此人以為喜之時。他反以為悲。那花只愿常開。生怕謝了没趣。及到筵散花謝。雖有萬種悲傷。也就無可如何了。因此今日之筵。大家無興散了。林黛玉倒不覺的。倒是寶玉心中悶悶不樂。回至自己房中。長吁短嘆。淌着的。

晴雯上来換衣裳。不防又把扇子失了手。跌在地下。將股子跌折。寶玉因嘆道。蠢才蠢才。將来怎麽樣。明兒你自己當家立業。難道你也這麽顧前不顧後的。晴雯冷笑道。二爺近来氣大的很。行動就給臉子看。前兒連襲人都打了。今兒又来尋我們的不是。要踢要打憑爺去。就是跌了扇子。也是平常的事。先時連那麽樣的玻璃缸。瑪瑙碗。不知弄壞了多少。也沒見個大氣兒。這會子一把扇子就這麽着了。何苦来。要嫌我們。就打發了我們。再挑好的使。好離好散的倒不好。寶玉聽了這些話。氣得渾

三

身亂戰。因說道你不用忙。將来有散的日子。襲人在那邊聽見。忙就趕過来向寶玉道。好好的又怎麽了。可是我說的一時我不到。就有事故。晴雯聽了冷笑道。姐姐既會說。就該早来。也省的爺生氣。自古以來。就是你一人伏侍爺的。我們原没伏（服）侍過。因為你伏侍的好。昨兒纔踢窩心脚。我們不會伏侍的。明兒還不知是個什麽罪呢。襲人聽了這話。又是惱。又是愧。待要說幾句話。又見寶玉氣的黄了臉。少不得自己忍了性子。推晴雯道好妹妹。你出去徃徃。原是我們的不是。晴雯聽見說我們兩個字○自然是他合寶玉了○不覺又添了醋意○冷笑幾聲道○我倒不知道你們是誰○别叫我替你們害臊了○便是你們鬼鬼祟祟幹的那事兒○也瞞不過我去○那裏就稱起我們来了○明公正道○連個姑娘還没掙上去呢○也不過合我似的○那裡就稱上我們了○襲人羞的臉紫漲起来○想一想原是自己把話說錯了○寶玉一面說道○你們氣不忿○我明兒偏擡舉他○襲人忙拉了寶玉的手道○他一個糊塗人○你和他分証什麽○况且你素日又是有擔待的○比這大的過去了多少○今兒是怎麽了○晴雯冷笑道○我原是

四

糊塗人。那裡配合我說話呢。襲人聽說道姑娘。到底是合我辯嘴呢。要是心裡惱我。你只和我說。不犯着當着二爺吵。就也是惱二爺。也不該這麼吵的。萬一人知道。我總也不過為了事進來勸開了。大家保重。姑娘倒尋上我的悔氣。又不像是惱我。又不是惱二爺。夾鎗帶棒。終究是個什麼主意。我就不多說。讓你說去。說着便往外走。寶玉向晴雯道。你也不用生氣。我也猜着你的心事了。我回太太去。你也大了。打發你出去。可好不好。晴雯聽見了這話。又覺傷起心來。含泪說道。我為什麼出去。要嫌我變着法兒打發我去。也不能彀。寶玉道我何曾經過這個吵鬧。一定是你要出去了。不如回太太打發你出去罷。說着站起來就要走。襲人忙回身笑道。往那裏去。寶玉道回太太去。襲人笑道好沒意思。認真的去回。你也不怕臊了。便是認真要去。也等把這氣下了。等無事中說說話兒。回了太太也不遲。這會子急急的當一件正經事去回。豈不叫太太犯疑。寶玉道太太必不犯疑。我只明說是他鬧着要去的。晴雯哭道我多早鬧着要去了。饒生了氣。還拿話壓派我。只管去回。我一頭碰死了也不出

這門兒。寶玉道這又奇了。你又不去。你又鬧些什麽。我經不起
這個吵。不如去了到乾净。説着一定要去。回襲人見攔不住。只
的跪下了。碧腿(痕)秋波(紋)射月等衆丫嬛。見吵鬧都倒鴉鵲無聞在
外頭聽消息。這會子聽襲人跪下央求。便一齊進来都跪下了。
寶玉忙把襲人拉起来。嘆了一聲。叫底下的衆人起去。向襲人
道叫我怎麽樣纔好。這個心使碎了。也没人知道。説着不覺滴
下泪来。襲人見寶玉流下泪来。自已也就哭了。晴雯在旁哭着。
方欲説話。只見林黛玉進来。便出去了。林黛玉笑道。大節下怎

麼好好的哭起来。難道是為争粽子喫。争惱了不成。寶玉和襲人嗤的一笑。黛玉道二哥哥不告訴我。我問你就知道了。一面說。一面拍着襲人的肩笑道。好嫂子。你告訴我。必定是你們兩個辯了嘴。告訴妹妹。替你們和勸和勸。襲人推他道林姑娘。你鬧什麼。我們一個丫頭。姑娘只是混說。黛玉笑道你說你是丫頭。我只拿你當嫂子待。寶玉道你何苦来替他招罵名兒。饒這麼着。還有人說閒話。還擱得住你来說他。襲人笑道林姑娘你不知道我的心事。除非一口氣不来。死了。倒也罷了。林黛玉笑

六

道。你死了。別人不知怎麽樣。我先就哭死了。寶玉笑道。你死了
我作和尚去。襲人笑道你老寔些罷。何苦還説這些話。林黛玉
將兩個指頭一伸。抿嘴笑道。做了兩個和尚了。我從今已後。都
記着你做和尚的遭數兒。寶玉聽了。知道是他點前兒的話。自
已一笑。也就罷了。一時林黛玉去後。就有人来説薛大爺請寶
玉只得去了。原来是喫酒。不能推辭。只得盡席而散。晚間回来
已帶了幾分酒。踉蹌来至自已院內。只見院中早把乘涼的枕
榻設下。榻上有個人睡着。寶玉只當是襲人。一面在榻沿上坐

下。一面推他問道疼的好些了。只見那人翻身起来。説何苦来
又拾我。寶玉一看。原来不是襲人。却是晴雯。寶玉將他一拉。拉
在身旁坐下。笑道你的性子越發慣嬌了。早起就是跌了扇子。
我不過説了你兩句。你就説上那些話。你説我罷了。襲人好意
来勸。你又括上他。你自已想想。該不該。晴雯道怪熱的。拉拉扯
扯幹什麽。叫人来看見作什麽。我這身子也不配坐在這裡。寶
玉笑道你既知道不配。為什麽睡呢。晴雯没得説。嗤的又笑了。
説道你不来使得。你来了就不配了。起来讓我洗澡去。襲人麝

七

月却洗了澡。我叫了他們来。寶玉笑道。我纔又喫了好些酒。還
得洗一洗。你既没有洗。拿了水来。咱們同洗。晴雯搖手笑道。罷
罷。我不敢惹爺。還記得的碧痕打發你洗澡。足有兩三個時辰。
也不道怎麽呢。我們也不好進去。瞧瞧地下的水淹着腿。連蓆
子上都汪着水。也不知是怎麽洗了。笑了幾天。我也没那工夫
收拾水。也不用同我洗去。今兒也凉快。那會子洗了。這會子可
以不用。我到舀一盆水来。你洗洗臉。通通頭。纔剛鴛鴦送了好
些菓子来。都湃在那水晶缸裏呢。叫我你們打發你喫。寶玉笑道

既這麼着。你也不許洗去。只洗洗手。来拿菓子来喫罷。晴雯笑道。我慌張的很。連扇子還跌折了。你的。還配打發喫菓子。倘或再打破盤子。還更了不得呢。寶玉笑道你愛打就打。這些東西原不過是借人所用。你愛這樣。我愛這樣。各自性情不同。譬如扇子原是搧的。你要撕着頑。也可以使得。只是不可生氣時拿他出氣。就如盃盤原是盛東西的。你喜歡聽那一聲響。就故意跌碎了。也可以使的。只是别在生氣時拿他出氣。這就是愛物了。晴雯聽了笑道。既這麼說。你就拿了扇子来我撕。我最喜歡撕的。寶玉聽了便笑着遞與他。晴雯果然接過来嗤的一聲撕了兩半。接着又嗤嗤的幾聲。寶玉在旁笑着說響得好。再撕響些。正說着。只見射月走過来笑道。少作些孽罷。寶玉趕上来一把将他手中扇子也奪了遞與晴雯。晴雯接了也撕作兩半了。二人都大笑。射月道這是怎麽說。拿我的東西開心兒。寶玉笑道打開扇子匣子你揀去。什麽好東西。射月道既這麽說。就把匣子搬了出来。讓他盡力的撕豈不好。寶玉笑道你就搬去。射月道我可不造這孽。他也没折了手。呌他自己搬去。晴雯倚在床上說道我也乏了。明兒再撕罷。寶玉笑道。古人云千金難買一笑。幾把扇子。能值幾何。一面說着一面叫襲人。襲人纔換了衣服走出来。小丫頭佳蕙過来拾去破扇。大家乘凉。不消細說。至次日午間。王夫人薛寶釵林黛玉衆姊妹正在賈母房内坐着。就有人回史大姑娘来了。一時果見史湘雲帶領衆多丫嬛媳婦走進院来。寶釵黛玉等忙迎至階下相見。青年姊妹間經月不見。一旦相逢。其親密自不消說的。一時進入房中請安問好。都見過了。賈母因說天熱。把外面的衣裳脫脫罷。史湘雲忙

九

起身寛衣○王夫人因笑道也没見穿這些做什麽○史湘雲笑道都是二嬸嬸叫穿的○誰愿意穿這些○寶釵在旁笑道○姨娘不知道他穿的衣裳○還便愛穿别人的衣裳○可記的舊年三四月裏○他在這裏住着○把兎[寶]玉的袍子穿上○靴子也穿上○額子也勒上○

及一瞧倒像是寶兄弟○就是多兩個墜子○他站在那椅子背後○

哄的老太太只是叫寶玉你過來○仔細那上頭掛的燈穗子○招下灰来眯了眼○他只是笑○也不過去○後来大家掌不住笑了○老太太纔知道了○説道扮上男人好看了○林黛玉道這算什麽○惟

有前年正月裏接了他来。住了没兩日。下起雪来了。老太太合舅母那日想是纔拜了影（堂）来。老太太一個新新（斬）的大紅猩猩（猩）氊的斗篷放在那裏。誰知眼錯不見。他就披了。又大又長。他就拿了個汗巾子攔腰繫上。和丫頭們在後院子裏撲雪人兒去。一跤栽倒溝跟前。弄了一身泥水。說着前情。大家都笑了。寶釵笑問那周奶媽。周媽你們姑娘還那麽淘氣不淘氣。周奶媽也笑了。迎春道淘氣也罷了。我就嫌他愛說話。也没見聽在那裏。還是咭咭呱呱笑一陣。也不知那裏来的那些誰話。王夫人道。只怕如今好了。前兒有人家来說着。眼見有婆婆家了。還是那麽着。賈母因問今兒還是住着。還是家去呢。周奶媽笑道老太太沒有看見衣服都帶了来。可不住兩天。史湘雲問道寶玉哥哥不在家麽。寶釵笑道他再不想着別人。只想寶兄弟。兩個人好憨的。這可見還沒改了淘氣。賈母道如今你們大了。別提小名兒了。剛說着只見寶玉来了。笑道雲妹妹来了。怎麽前兒打發人接你去。怎麽不来。王夫人道這裡老太太纔說這一個。他又来提名道姓的了。林黛玉道你哥哥得了好東西。等着你呢。史

湘雲道得了什麽好東西。寶玉笑道你信他呢。幾日不見越發
高了。湘雲道襲人姐姐好。寶玉道多謝你記掛。史湘雲道我給
他帶了好東西来了。說着拿出手帕子来。挽着一個疙瘩。寶玉
道什麽好的。你倒不如把前日送来的那種絳紋石的戒指兒
帶兩個給他。湘雲笑道這是什麽。說着打開。衆人看時。果然就
是上次送来的絳紋戒指。一包四个。林黛玉笑道。你們瞧瞧他
這主意。前兒一般的打發人給我們送了来。你就把他的也帶
了来。豈不省事。今兒巴巴的帶了来。只當又是什麽新奇東西。

十

原来還是他。真真你是糊塗人。史湘雲笑道你緫糊塗呢。我把這理說出来。大家評一評。誰糊塗。給你們送東西。就是使来的說話不周。拿進来一看。自然就知道送姑娘們的了。若帶他們的東西。這須得我先告訴来人這是那一個丫頭的。那是那一个丫頭的。那使来的人明白還好。再糊塗些。丫頭名字他也不記的。混鬧胡說的。反連你們的東西都覺糊塗了。若是打發個女人素日知道的還罷了。偏生前兒又打發小子来。可怎麽說丫頭們的名字呢。橫竪我来給他們帶来。豈不清白。說着把四個戒指放下。說道襲人姐姐一個。鴛鴦姐姐一個。金釧兒姐姐一個。平兒姐姐一个。這到是四个人的。難道小子們也這麽記得清白。衆人聽了都笑道果然明白。寶玉笑道還是這麽會說話不讓人。林黛玉聽了冷笑道。他不會說話。他的金麒麟也會說話。一面說着就起身走了。幸而諸人還不曾聽見。只有薛寶釵抿嘴一笑。寶玉聽見了。倒自已後悔又說錯了話。忽見寶釵一笑。由不得一笑了。寶釵見寶玉笑了。忙起身走開。找了林黛玉去說笑。賈母因向湘雲道喫了茶。歇一歇。瞧瞧你的嫂子們

十

去。園裏一涼快。同你姐姐們去逛逛。湘雲答應了。將三個戒指
包上。歇了一歇。便起身要瞧鳳姐等人去。衆奶娘丫頭跟着。到
了鳳姐那裏說笑了一會。出来便往大觀園来。見過了李宮裁。
少坐片時。便往怡紅院来找襲人。因回頭說道你們不必跟着。
只管瞧你們的親戚朋友去。留下翠樓伏侍就是了。衆人聽了。
自去尋姑覔嫂。單剩下湘雲翠樓兩个人。翠樓道這荷花怎麼
還不開。史湘雲道時候不到。翠樓道這也合咱們家池子一樣。
也是捲子花。湘雲道他們這個還不如咱們的。翠樓道他們那

邊有顆石榴接連四五枝。真是樓子上起樓子。這也難為他長。史湘雲道。花草也是同人一樣。氣脉充足。長的就好。翠縷把臉一扭。說道我不信這話。若說同人一樣。我怎麽不見頭上又長出一個頭来的人。湘雲聽了。由不的一笑。說道我說他不用說話。你偏好說。這叫人怎麽好笑。這天地間都賦陰陽二氣所生。或正或邪。或奇或怪。千變萬化。都是陰陽順逆多少。一生出来人罕見的就奇。究竟理還是一樣。翠縷道這麽說起来。從古至今。開天闢地。都是些陰陽了。湘雲笑道糊塗東西。越說越放屁。

圭

什麽都是些陰陽。難道還有兩個陰陽不成。陰陽兩個字。還這是一個字。陽盡了就成陰。陰盡了就成陽。不是陰盡了又有一個陽生出来。陽盡了又有一個陰生出来。翠縷道這糊塗死我了。什麽是個陰陽。没影没形的。我只問姑娘這陰陽是什麽個樣兒。湘雲道陰陽可有什麽樣兒。不過是個氣。萬物賦了成形。譬如天是陽。地就是陰。水為陰。火就是陽。日是陽。月就是陰。翠縷聽了笑道是了。是了。我今兒可明白了。怪道人都管着日頭叫太陽呢。算命的管着月亮叫什麽太陰星。就是這個理了。湘

雲笑道阿彌陀佛○剛剛明白了○翠樓道這些大東西有陰陽罷
了○難道那些蚊子蟣蠓蟲兒○花兒草兒○瓦片兒○磚頭兒○也有陰
陽不成○湘雲道怎麽沒有呢○譬那一個樹葉兒還分陰陽呢○那
邊向上朝陽的就是陽○這邊背陰覆下的就是陰○翠樓點了點
頭笑道○原來這樣○我可明白了○只是咱們這手裏的扇子○怎麽
是陽○怎麽是陰呢○湘雲笑道這邊正面就是陽○那邊反面就是
陰○翠樓點頭笑道○還要拏幾件東西問○因想不起個什麽來○猛
低頭就看見湘雲宮縧上繫的金麒麟○便提起來笑道○姑娘這

個難道也有陰陽。湘雲道走獸飛禽。雄為陽。雌為陰。牝為陰。牡為陽。怎麼没有呢。翠樓道這是公的。到底是母的呢。湘雲笑道這也連我不知道。翠樓道這也罷了。怎麼東西都有陰陽。咱們人倒没有陰陽呢。湘雲照臉啐了一口。道下流東西。好生走罷。越問越問出好的來了。翠樓笑道這有什麼不告我的呢。我也知道了。不用難我。湘雲笑道你知道什麼。翠樓道姑娘是陽。我是陰。說的湘雲拿帕子握着嘴呵呵的笑起來。翠樓道說是了就笑的這樣。湘雲道很是很是。翠樓道人規矩主子為陽。奴才為陰。我連這個大道理也不懂的。湘雲笑道你很懂的。一面說。
一面剛到薔薇架下。湘雲笑道你瞧那是誰掉的首飾。金晃〻
在那裏。翠樓聽了忙趕上拾在手裏。握着笑道。可分出陰陽来
了。說着先拿史湘雲的麒麟瞧。史湘雲要他撿的瞧。翠樓只管
不放手。笑道這件寶貝。姑娘瞧不的。這是從那裏来的。好奇怪。
我從来在這裏沒見有人有這個。湘雲道拿来我瞧瞧。翠樓將
手一撒。笑道請看。湘雲舉目一驗。却是文彩耀煌的一个金麒
麟。比自已配的又大。又有文彩。湘雲伸手擎在掌上。只是默默

五

不語。正在出神。只見寶玉從那邊来了。笑道你兩个在這日頭底下做什麽呢。怎麽不找襲人去了。史湘雲連忙將那麒麟藏起。道正要去呢。咱們一處走。說着大家進入怡紅院来。襲人正在階下倚檻追風。忽見湘雲来了。連忙迎下来。携手笑說一向別離之況。一時進来歸坐。寶玉因笑道你該早来。我得了一件好東西。專等你呢。說着一面在身上摸摸。掏了半天。嗳呀了一聲。便問襲人那个東西。你收拾起来了。襲人道什麽東西。寶玉道前兒的金麒麟。襲人道你天天帶在身上的。怎麽問我。寶玉聽了。將手一拍。說道這個可丟了。往那裏去找去。就要起身自已尋去。史湘雲聽了。方知是他遺落的。笑問道你幾時又有個麒麟了。寶玉道前兒好容易得的。你不知道。多昝晚丟了。我也糊塗了。史湘雲笑道幸而是頑的東西。還是這麽慌張。說着將手一撒。笑道你瞧瞧。是這個不是。寶玉一見由不的歡喜非常。因說道不知是如何拾得。且聽下回分解。

去

紅樓夢第三十二回

訴肺腑心迷活寶玉　含耻辱情烈死金釧

話說寶玉見了麒麟。心中甚是喜歡。便伸手來拿。笑道虧你撿着了。你是那裏撿的。史湘雲笑道幸而是這個。明兒倘或印也丟了。難道也就罷了不成。寶玉笑道倒是丟了印平常。若丟了這個。我就該死了。襲人斟了茶来與史湘雲喫了。一面笑道大姑娘我聽見前兒你大喜了。史湘雲紅了臉。喫茶不荅。襲人道這會子又害臊了。你還記得十年前。咱們在西邊暖閣住着。晚

一

上、你同我說的話那兒。會子不害臊。這會子怎麼又害臊了。史湘雲笑道你還說呢。那會子咱們那麼好。後來我們太太沒了。我家去住了一程子。怎麼就把你配了跟二哥哥。我來了你就不像先待我了。襲人笑道還說呢。先姐姐長姐姐短。哄着我替你梳頭洗臉。做這個弄那個。如今大了就拿出小姐的款來。你既拿出小姐的款。我怎敢親近你。史湘雲道阿彌陀佛。寃枉寃哉。我要這樣。就立刻死了。你瞧瞧這麼大熱天。我來了必定趕來先瞧你。不信你問問樓兒。我在家時時刻刻那一會不念你。幾聲話未了。忙得襲人和寶玉都勸道。須話你就認真了。還是這麽性急。一面說一面打開手帕子。將戒指遞與襲人。襲人感謝不盡。因笑道你前兒送你姐姐們的。我已得了。今兒你親自又送來。可見是又沒忘了我。只這個就試出你來了。戒指兒能值多少。可見你的心真。史湘雲道是誰給你的。襲人道是寶姑娘給我的。湘雲笑道我只當林姐姐給你的。原來是寶姐姐給了你。我天天在家裏想着這些姐姐們。再沒一个比寶姐姐好的。可惜我們不是一娘養的。我但凡有這麽個親姐姐。就是沒有

二

父母。也是沒妨碍的。說着眼睛圈兒就紅了。寶玉道罷罷。不用提這話。史湘雲道提了便怎麽。我知道你的心病。恐怕你林姐姐聽見。又嗔我讚了。寶玉道可是爲這個不是。襲人在旁嗤的一笑說道。雲姑娘你如今大了。越發心直嘴快了。寶玉笑道我說你們這幾個人難說話。叫我惡心。只會在我們跟前說話。見了你林妹妹又不知怎麽了。襲人道且別說頑話。正有一件事還要求你呢。史湘雲便問什麽事。襲人道有一雙鞋。摳了墊心子。我這兩日身上不好不得做。你可有工夫替我做做。史湘雲笑道這又奇了。你家放着這些巧人不算。還有什麼針線上的。
怎麼叫我做起來。你的活計叫誰做。誰好意思不做呢。襲人笑
道你又糊塗了。你難道不知道我們這屋裏的針線是不要那
些針線上的人做的。史湘雲聽了便知是寶玉的鞋了。笑道既
這麼說。我就替你做做罷。只是一件。你的我纔做。別人的我可
不能。襲人笑道來了。我是個什麼。就煩你做鞋了。實告訴你。可
不是我的。你別管是誰的。橫豎我領情就是了。史湘雲道論理
你的東西也不知煩我做了多少。也不知道給誰。寶玉道給我。

史湘雲冷笑道○前兒我聽見把我做的扇套子拿着向人家比○賭氣又鉸了○我早就聽見了○你還瞞我○這會子又叫我做○我成了你們的奴才了○寶玉笑道○前兒的那事○本不知是你做的○襲人也笑道○他本不知是你做的○是我哄他的話○說是新近外頭有个會做活的女孩子○說扎的出奇的花○我叫他們拿了一個扇套子試試看好不好○他就信了○拿了出去給這個瞧○給那個看的○不知怎麼又惹了林姑娘○鉸了兩段○回來他還叫趕着做去○我總說了是你做的○他後悔的什麼似的○史湘雲道這越發

奇了○林姑娘他犯不上生氣○他既會剪○就叫他做○襲人道他可不做呢○饒這麼着○老太太還怕他勞碌着了○大夫又說好生靜養纔好○誰還煩他做○舊年算好○一年的工夫○做了做香袋兒○今年半年還沒見拿針線呢○正說着○有人来回說興隆街的大爺来了○老爺叫二爺出去會○寶玉聽了○便知賈雨村来了○心中好不自在○襲人忙去拿衣服○寶玉一面登鞋子○一面抱怨道老爺和他坐着就罷了○回回定要見我○史湘雲一邊搖着扇子笑道○自然你能會賓接客○老爺纔叫出去呢○寶玉道那裡是老爺○都

四

是他自已要請我去見的。湘雲笑道主雅客来勤。自然你有些敬他的好處。他纔只要會呢。寶玉道罷罷。我也不敢稱雅。俗中又俗的一个俗人。並不願同這些人往来。湘雲笑道還是這情性改不了。如今大了。你就不願讀書去考舉人進士的。也該常會會這些為官做宰的。談談講講些仕途經濟的學問。也好將来應酬世務。日後也有個朋友。沒見你成年只在我家[們]隊裏攪些什麼。寶玉聽了道姑娘請別的姊妹屋裏坐坐。我這裏仔細賊了你知經濟學問的。襲人道雲姑娘快別說這[些]。上些[回]也是寶姑娘曾說過一會。他也不管人臉上過不去。他就啐了一聲。拿起脚来走了。這裡寶姑娘的話也不說完。見他走了。登時羞的臉通紅。說又不是。不說又不是。幸而是寶姑娘。那要是林姑娘。不知他又鬧的怎麽樣。哭的怎麽樣呢。提起這些話来。真真寶姑娘敬重自己。搭赸了一會子去了。我倒過不去。只當他惱了。誰知過後還是照舊一樣。真真有涵養。心地寬大。誰知這一個倒同他生分。那林姑娘是你賭氣不理他。你得陪多少不是呢。寶玉道林姑娘從来說過這些混賬話不曾。若他也說過這些

五

混話。我早和他生分了。襲人和湘雲點頭笑道。原是混賬話。原来林黛玉知道史湘雲在這裏。寶玉一定又趕来說麒麟的原故。因心下忖奪着近来寶玉弄着的外傳野史。多半才子佳人。都因小巧玩物上作合。或有鴛鴦。或有鳳凰。或玉環金珮。或鮫帕鸞絛。皆由小物而遂終身。今忽見寶玉亦有麒麟。便恐借此生隙。同史湘雲也做出那些風流佳事来。因而悄悄走来。見機行事。以察二人之意。不想剛剛走来。正聽見史湘雲說經濟一事。寶玉又說林妹妹不說這些混賬話。若說這話。我也同他生

分了。林黛玉聽了這話。又喜又驚。又悲又嘆。所喜者果然是個
知己。所驚者他在人前一片私心稱揚于我。其親熱厚密竟不
避嫌疑。所嘆者你既為我知己。則又何必有金玉之論哉。既有
金玉之論。亦該你我有之。則又何必來一寶釵哉。所悲者父母
早逝。雖有銘心刻骨之言。無人為我主張。況近日每覺神思恍
惚。病已漸成。醫者更云氣弱血虧。恐致勞怯之症。你我雖為知
已。但恐是不能久待。你縱為我知己。奈我薄命何。想到此間。不
禁滚下淚來。待進去相見。自覺無味。便一面拭泪。一面抽身回

六

去了。這裡寶玉忙忙的穿了衣裳出来。忽擡頭見了林黛玉在前面慢慢的走着。似拭淚之狀。便忙趕上来笑道。妹妹往那裏去。怎麽又哭了。又誰得罪了你。林黛玉回頭見是寶玉。勉强笑道好好的。我何曾哭了。寶玉笑道你瞧瞧眼睛上的淚兒未乾。還說謊呢。一面說。一面禁不住擡起手来替他拭淚。林黛玉忙向後退了幾步。說道你又要死了。作什麽這麽動手動脚的。寶玉笑道說話忘了情。不覺的動了手。也就顧不得死活。林黛玉道你死了倒不值什麽。只是丢下了什麽金。又是什麽麒麟。可怎麽樣呢。一句話又把那寶玉說急了。趕上来問道你還說這話。到底是咒我。還是氣我呢。林黛玉見問。想起前日的事来。遂自悔自己又說造次了。忙笑道你别着急。我原說錯了。這有什麽筋都暴起来急的一臉汗。一面說。一面禁不住近前伸手替他拭面上的汗。寶玉瞅了半天。方說道你放心三個字。林黛玉聽了。怔了半天。方說道我有什麽不放心的。我不明白這話。你到說說怎麽放心不放心。寶玉嘆了一口氣。問道你果不明白這話。難道我素日在你身上的心都用錯了。連你的意思若體貼

不着。難怪你天天為我生氣了。林黛玉道果然我不明白放心
不放心的話。寶玉點頭嘆道好妹妹。你別哄我。果然不明白這
話。不但我素日之意白用了。且連你素日待我之意也都辜負
了。你皆揔是不放心的原故。弄了一身病。但凡寬裕些。這病也
不得一日重似一日。林黛玉聽了這話。如轟雷掣電。細細思之。竟
比自己肺腑中掏出来的還覺懇切。竟有萬句言語。滿心要說。
只是半個字也不能吐。却怔怔望着他。此時寶玉也有萬句言
詞。一時不知從那一句上說起。却也怔怔的望着黛玉。兩个人

怔了半天。林黛玉只咳了一聲。兩眼不覺滾下淚来。回身便要走。寶玉忙上前拉住說道。好妹妹且畧站住。我說一句話再走。林黛玉一面拭泪一面將手推開說道。有什麽可說的。你的話我早知道了。口裏說着。却頭也不回竟去了。寶玉站着。只管發起獃来。原来方才来慌忙不曾帶得扇子。襲人怕他熱。忙拿了扇子趕来送與他。忽擡頭見了林黛玉和他站着。一時代玉走了。他還站着不動。因而趕上来說道你也不帶了扇子去。虧我看見。趕了送来。寶玉出了神。見襲人和他說話。並未看出是何人来。便一把拉住説道。好妹妹。我的這心事。從来也不敢説。今兒我大膽説出来死了心。我為你也弄了一身的病在這裏。又不好告訴人。只好捱着。只等你的病好了。只怕我的病纔得好呢。睡夢裡也忘不了你。襲人聽了這話。唬得魂消魄散。只叫神天菩薩。坑死我了。便推他道。這是那裏的話。就是中了邪。還不快去。寶玉一時醒過。方知是襲人送扇子来。羞得滿臉紅漲。奪了扇子。便抽身忙忙的跑了。這裏襲人見他去了。自思方纔之言。一定是因林黛玉起。如此看来。將来難免不妥之事。令人可儆可畏。想到此間。也不覺怔怔的滴下泪来。心下暗度如何處方免此醜禍。正裁度間。忽見寶釵從那走来笑道。大毒日頭地下。出什麼神呢。襲人見問忙笑道。那邊兩個雀兒打架。倒也好頑。我就看住了。寶釵道寶兄弟這會子穿了衣服。忙忙的那去了。我纔看見走過去。倒要叫住問他呢。他如今說話越發沒了經緯。我故此不見他了。由他去罷。襲人道老爺叫他出去。寶釵聽了忙道噯喲。這麼炎天暑熱的。叫他做什麼。别是想什麼来生了氣。叫出去教訓一場。襲人笑道不是這個。想是有客要會。

九

寶釵笑道這個客也沒意思。這麼熱天不在家裡涼快。還跑些
什麼。襲人笑道倒是你說得是罷。寶釵因而問道雲丫頭在你
們家做什麼呢。襲人笑道纔說了一會子閒話。你瞧我前兒粘
的那雙鞋。明兒叫他做去。寶釵聽見這話。便兩邊回頭看無人
来往。便笑道你這麼個明白人。怎麼一時半刻的就不會體諒
人情。我近来看着雲丫頭的神情。在風裏言風裏語的。聽起来
那雲丫頭在家裏。竟一點兒做不的主。他們家嫌費用大。竟不
用那些針線上的人。差不多的東西。都是他們娘兒們動手。為

什麽這幾次他来。他和我説話兒。見没人在眼前。他就説家裏累的很。我再問他兩句家常過日子的話。他就連眼睛圈都紅了。口裏含含糊糊。待説不説的。想其形景来。自然從小兒没爹娘的苦。我看着他也。不覺的傷起心来。襲人見説這話。將手一拍道。是了是了。怪道上月我煩他打十根蝴蝶結。過了那些日子纔打發人送来。還説這是粗打的。且在別處儂着使罷。要匀淨的。等明兒来住着再好生打罷。如今聽寶姑娘這話。想来我們煩他他不好推辭。不知他怎麽在家裡三更半夜的做呢。可是我也糊塗了○早知道這樣○我也不該煩他了○寶釵道上次他就告訴我在家裡做活到三更天○若是替別人做一點半點○他家的那些奶奶太太們還不受用呢○襲人道偏生我們那個牛心左性的小爺○憑着小的大的活計○一般不要家裡這些活計上的人做○我又弄不開這些○寶釵笑道你理他呢○只管叫人做去○只說你做的就是了○襲人道那裡哄的信他○他纔是認的出来呢○說不的○我只好慢慢的累去罷了○寶釵笑道你不必忙○我替你做些何如○襲人笑道當真是這樣○就是我的福了○晚上我

親自送過来。一句話未了。忽見一個老婆子忙忙的走来笑道。這是那裡說起。金釧兒姑娘好好的投井死了。襲人唬了一跳。忙問那个金釧兒。那老婆子道那裡還有個金釧兒呢。就是太太房裏的。前兒不知為什麽攆他出去。在家裡哭天淚地的。也都没理會他。誰知找他不見了。纔剛打水的人在那東南角上井裏打水。見一個尸首。趕着叫人打撈起来。誰知是他。他們家還只管亂着要救活。那裡中用了。寶釵道這也奇了。襲人聽說點頭讚嘆。想素日同氣之情。不覺流下淚来。寶釵聽見這話。忙

十

向王夫人處来道安慰。這裏襲人回去不提。却說寶釵来到王夫人房裡。只見鴉鵲不聞。獨有王夫人在裏間房裡坐着垂泪。不好提這（事）只得一旁坐了。王夫人便問你從那裏来。寶釵道從園裏来。可見他（你）寶兄弟。寶釵道纔倒看見了。他穿着衣服出去。不知那裡去。王夫人點頭哭道。你可知道一椿奇事。金釧兒忽然投井死了。寶釵見說道。怎麽好好的投井。這也奇了。王夫人道原是前兒他把我一件東西弄壞了。我一時生氣。打了他一下。攆了他出去。我只說氣他兩天。還叫他上来。誰知他這麽氣性大。就投井死了。豈不是我的罪過。寶釵笑道姨娘是慈善人。
固然是這麽想。據我看來。他並不是賭氣投井。多半他下去住
着。或是在井眼前憨頑。失了脚掉下去的。他在上頭拘束慣了。
這一出去。自然要到各處去頑頑逛逛。豈有這樣大氣的理。縱
然有這樣大氣。也不過是個糊塗人。也不為可惜。王夫人點頭
嘆道這話雖然如此說。到底我心不安。寶釵笑道姨娘不勞念
念于茲。十分過不去。多賞他幾兩銀子發送他。也就盡主僕之
情了。王夫人道纔剛我賞了他娘五十兩銀子。原要還把你妹

妹們的新衣服拿兩套給他裝裹。誰知鳳丫頭可巧都沒有什麽新做的衣裳。只有你林妹妹做生日的兩套。我想你林妹妹那個性子。素日是個最講究的。況且他也三災八難的。既然說了給他過生日。這會子又給人去裝裹。豈不忌諱。因為這麽樣。我現叫裁縫趕兩套給他。要是別的丫頭賞他幾兩銀。也就完了。只是金釧兒雖然是个丫頭。素日在我跟前。比我的女兒也差不多。口裏說着。不覺流下泪来。寶釵忙道。姨娘這會子又何用叫裁縫趕去。我前兒到做了兩套。拿来給他。豈不是省事。況

且他活着的時候。也穿過我的舊衣服。身量又相對。王夫人道

雖然這樣。難道你不忌諱。寶釵笑道姨娘放心。我從来不計較

這些。一面說。一面起身就走。王夫人忙叫兩個人来。跟寶姑娘

去。一時寶釵取了衣服回来。只見寶玉在王夫人旁邊坐着垂

泪。王夫人正欲說他。因見寶釵来了。却掩住口不說了。寶釵見

此景况。察言觀氣。蚤知覺了八分。於是將衣服交割明白。王夫

人將他母親叫来拿了去罷。看下回便知。

紅樓夢第三十三回

手足耽耽小動唇舌　　不肖種種大承笞撻

話說寶玉茫然不知何往。背着手。低頭一面感歎。一面慢慢的走着。信步來至廳上。方轉過屏門。不想對面來了一人。正往裡走。可巧撞了個滿懷。只聽那人喝了一聲站住。寶玉唬了一跳。抬頭一看。不是別人。却是他父親。早不覺倒抽了一口氣。只得垂手一傍站了。賈政道好端端的你垂頭喪氣。嗐些什庅。方纔雨村來了要見你。叫你那半天才出來。既出來了。全無一點慷慨揮洒談吐。仍是葳葳蕤蕤。我看你臉上一團思慾愁悶氣色。這會子又咳聲嘆氣。你那些兒不足。還不自在。無故這樣。却是為何。寶玉素日雖然口角伶俐。只是此時一心総為金釧兒傷感。恨不得此時也身亡命殞。跟了金釧兒去。如今見了他父親說這些話。究竟不曾聽見。只是怔克克的站著。賈政見他神氣惶悚。應對不似往日。原本無氣的。這一見他這般光景。到有了二三分氣了。方欲究問。忽有回事的人來說。忠順親王府裡有人来要見老爺。賈政聽了心下疑惑。暗暗思忖素日並不與忠順王府裡來往。為什庅事打發人來。一面想一面命快請。急走出來看時。却是忠順王府長史官。忙接進廳上。坐下獻茶。未及敘談。那長府官先就道下官此來。並非擅造潭府。皆因奉王命而來。有一件事相求。看王爺面上。敢煩老大人作主。不但王爺知情。且連下官輩亦感謝不盡。賈政聽了這話。抓不着頭腦。忙陪笑起身問道。大人既奉命而來。不知有何見諭。望大人宣明。學生好遵諭承辦。那長府官冷笑道。也不必承辦。只用大人一句話就完了。我們府裡有一個作小旦的。名叫棋官。一向好好在府裡。如今竟三五日不見回去。各處去找。又摸不著他的下落。因此各處察訪。這一城內十停人。倒有八停人說。他近日和啣玉的那位令郎相與甚厚。下官輩聽見是尊府。不比別家。可以擅来索取。因此啟明王爺。王爺亦云若是別的戲子呢。百個也罷了。只是這棋官隨機應答。謹慎老誠。甚合我老人家心竟意。斷斷少不了此人。因此求老大人轉吩咐令郎。請將棋官放回。一則可慰王爺諄諄奉懇。二則下官輩也可免操勞尋覔之苦。說畢忙立身打一躬。賈政聽了又氣又驚。即命人喚寶玉。寶玉也不知是何原故。忙忙走來。賈政一見便罵該死的奴才。你在家不讀書也罷了。怎麽又作出這無法無天的事來。那棋官現是那忠順王駕前承奉之人。你是何等草莽。無故引逗他出來。如今禍及于我。寶玉聽說唬了一跳。忙回道不知此事。究竟連棋官兩個字也不知為何物。豈更加一引逗二字。說著便哭了。賈政未及開言。只見那長史官冷笑道。公子也不必掩飾。或隱藏在家。或知其下落。早說了出來。我們也少受些辛苦。豈不念公子之德。寶玉連說實在不知。恐是訛傳。也未見得。那長府官

三

冷笑道。現有據証。何必還賴。必定當著老大人說了出来。公子
豈不吃虧。既云不知此人。那汗巾怎庅到了公子腰里。寶玉聽
了。不覺轟去魂魄。目瞪口呆。心下自思這話他如何得知。他既
連這樣機密事都知道了。大約也瞞他不過。不如打發他去了。
免的再說出别的事來。因說道大人既知他的底。細如何連他
置買房屋這樣大事。到不曉得了。聽得說他現今在東郊離城
二十里有個什庅紫檀堡。他在那里置了幾畝田地。幾間房舍。
想是在那裡。也未可知。那長府官聽了笑道。這樣說。一定是在

那裡了。我且去找一回。若有了便罷。若沒有。還要求教。說著便
忙忙的走了。賈政此時已氣的目瞪口歪。一面送出長府官。一
面回頭命寶玉不許動。回來有話問你。一直送那長府官去了。
才回身。忽見賈環帶著幾個小廝。一陣亂跑。賈政喝命小廝快
打快打。賈環見了他父親。唬的骨軟筋酥。忙低頭站住。賈政便
問你跑什麼。帶著你的那些人都。不管你。不知往那裡瘋去。由
著你野馬一般。喝命叫跟上學的人來。賈環見他父親動怒。便
乘機說道方才原不曾要跑。只因從那井邊一過。那井裡淹死

了一個丫頭。我看見人頭這樣大。身子這樣粗。泡的實在可怕。所以才赶着跑了過來。賈政聽了驚疑。忙問道好端端誰去跳井。我家從無這樣事情。自祖宗以來。皆是寛柔以待下人。大約我近年于家務疎懶。自然執事人操尅奪之權。致使出暴殄輕生的禍患。若外人知道。祖宗顏面何在。喝命快叫賈璉賴大興來。小廝們答應了一聲。方欲去叫。賈環忙上前拉住賈政袍襟。貼膝跪下道。父親不用生氣。此事除太太房裡的人。別人一點也不知道。我聽見我母親說。說到這裡。便回頭四顧一看。賈政

知意。將眼一看衆小廝。小廝們明白。都往兩邊後面退去。賈環
便悄悄說道我母親告訴我說。寶玉哥哥前日拉著太太的丫
頭金釧兒要強姦。不遂。打了一頓。他便賭氣投井死了。話未說
完。把個賈政氣的面如金紙。大喝快拿寶玉來。一面說。一面往
書房去。喝命今日再有人勸我。我把這冠帶家私就交與他與
寶玉過去。我免不得作個罪人。這幾根煩惱鬢毛剃去。尋個干
淨去處自了。也免得上辱先人。下生逆子之罪。衆門客僕從見
賈政這個形景。便知是為寶玉。一個個咬指吐舌。連忙退出。那

賈政喘吁吁的直挺挺坐在椅子上。滿臉淚痕。一疊聲叫拿寶玉。拿大棍。拿鎖綑上。把各門都關上。如有人傳信到裡頭去立刻打死。衆小厮們只得齊聲答應。有幾個來找寶玉。那寶玉聽見賈政吩咐他不許動。早知凶多吉少。那裡承望賈環又添了許多的話。正在廳上干轉。怎得個人來。往裡頭去送信。偏生沒個人。連焙茗也不知在那裡。正盼望時。只見一個老嬤嬤出來。寶玉一見。如得珍寶。便赶上來拉他說道。快進去告訴。老爺要打我呢。快去快去。要緊要緊。寶玉一則急了。說話不明白。二則偏生這老婆子又是個聾子。竟不曾聽見是什庅話。把要緊二字只聽見跳井二字。便笑道跳井讓他跳去。二爺怕什庅。寶玉見是個聾子。便著急道你出去叫我的小廝來罷。那婆子道有什庅不了的事。老早的完了。太太又賞了衣服。又賞了銀子。怎庅不了事的。寶玉急的跺脚。正沒抓尋處。只見賈政的小廝走來逼著他出去了。賈政一見眼都紅了。也不暇問他在外流蕩優伶。表贈私物。在家荒踈學業。淫辱母婢等話。只喝命堵嘴來。著實打死。小廝們不敢違拗。只得將寶玉按倒凳上。舉起大板。

打了十來下。賈政猶嫌打輕了。一腳將掌板人踢開。自己奪過來。咬著牙根。又蓋了三四十下。衆門客見打的不祥了。忙上來奪勸。賈政那裡肯聽解勸。說道你們問問他。幹的勾當。可饒不可饒。素日皆是這些人把他釀壞了。到這步田地。此刻還來勸解。明日釀到他弑君弑父。你們才不勸不成。衆人聽了這話不好聽。知道是氣極了。忙各退出。只得覓人進去給信與王夫人。王夫人聽了。却不敢先回賈母。只得忙穿衣出來。也不顧有人沒人。忙忙赶往書房中來。忙的衆門客小廝等避之不及。王夫人一進書房。賈政如火上澆油一般。那板子越發下去的又狠又快。按寶玉的兩個小厮忙鬆了手走開。寶玉早已動撣不得了。賈政還欲打時。早被王夫人抱住板子。賈政道罷了罷了。今日必定要氣死我才罷。王夫人哭道寶玉雖然該打。老爺也要自重。況且炎天暑日的。老太太身上也不大好。打死寶玉事小。倘或老太太一時不自在了。豈不事大。賈政冷笑道倒別提這話。我養了這不肖孽障。我已不孝。教訓他一番。又有衆人護持。不如趁今日絕將來之患。說著便要繩索勒死。王夫人連忙抱住哭道。老爺雖然應當管教兒子。也要看夫妻分上。我如今已將五十歲的人。只有這個孽障。必定苦苦的以他為法。我也不敢深勸。今日越發要他死了。豈不是有意絕我。既要勒死他。快拿繩子來先勒死我。再勒死他。我們娘兒們不敢含怨。到底在陰司裡得個依靠。說畢爬在寶玉身上大哭起來。賈政聽了此話。不覺長嘆一聲。向椅子上坐了。淚如雨下。王夫人抱著寶玉。只見他面白氣弱。底下穿著一條綠紗小衣。皆是血漬。禁不住解下汗巾來看。由肶（股）至脛。或青或紫。或整或破。竟無一點好處。

不覺失聲大哭起苦命的兒來。因哭出苦命的兒來。忽然想起賈珠來。便吽著賈珠哭道。若有你活著。便死一百個寶玉。我也不管了。此時裡面的人聞得王夫人出來。那李宮裁與王熙鳳迎春姐妹早已出来了。王夫人哭著說賈珠的名字。刻下別人還可。惟有李宮裁禁不住也放聲哭了。賈政聽見。那淚珠更似滾瓜一般。滾了下來。正沒開交處。忽聽丫環來說老太太来了。一句話未了。只聽窗外顫巍巍的聲音說道。先打死我。再打死他。豈不干淨。賈政見他母親來了。又急又痛。連忙迎出來。只見賈

八

母扶著丫頭。搖頭喘氣的走來。賈政上前躬身陪笑說道。大暑熱天。母親有何生氣。親自走來。有話只該叫了孩兒進去吩咐。賈母聽說。便止住步。喘急（息）一回。厲聲道你原來是和我說話。我倒有話吩咐。只是可怜我一生沒養個好兒子。却叫我和誰說去。賈政聽這話不像。忙跪下含淚說道。為兒的教訓兒子。為的是光宗耀祖。母親這話。我作兒的如何禁得起。賈母聽說。便啐了一口。說道我說了一句話。你就禁不起。你那下死手的板子。難道我的寶玉就禁得起了。你說教訓兒子是光耀祖宗。當日你父親是怎庅教訓你来。說着也不覺滾下淚来。賈政又陪笑道母親也不必傷感。皆是為兒的一時性急。從此已後。再不打他了。賈母便冷笑道你也不必和我賭氣。你的兒子。我也不管你打不打。我也猜着了。你也厭煩我娘兒們。不如我們早離了你。大家干淨。說着便命人去看轎馬。我和你太太寶玉立刻回南京去。家下人只得干答應着。賈母又叫王夫人道。你也不必哭了。如今寶玉年紀小。你疼他。他將来長大。為官作宰的。也未必想着你是他母親了。你如今倒不要疼他。只怕將来還少生

九

一口氣呢。賈政聽說。忙叩頭哭道。母親如此說。賈政無立足之地。賈母冷笑道你分明使我無立足之地。你反說起你来。只是我們回去了。你心裡干淨。看著誰来許你打。一面說。一面只命快打點行李車馬回去。賈政苦苦叩求認罪。賈母一面說話。一面又記掛着寶玉。忙進房来看時。只見今日這頓打。不比往日。又是心疼。又是生氣。也抱著寶玉哭了。王夫人與鳳姐等解勸了一會。方漸漸的止住。早有丫環媳婦等上来要攙寶玉。鳳姐便罵道糊塗東西。也不睁開眼瞧瞧。打的這広個樣兒。還要攙

著走。還不快進去把藤屜子春櫈抬出来呢。衆人聽說。連忙進
去果然抬出春櫈来。將寶玉抬放在櫈上。隨著賈母王夫人等
進去。送至賈母房中。彼時賈政見賈母氣未全消。不敢自便。也
跟了進去。看看寶玉果然打重了。再看看王夫人兒一聲。肉一
聲。你替珠兒早死了。留著珠兒。免你父親生氣。我也不白操這
半世心了。這會子你倘有個好歹。丟下我。叫我靠那一個。數落
一場。又哭不掙氣的兒。賈政聽了也就灰心。自悔不該下這毒
手打到如此地步。先勸賈母。賈母含淚說道。你不出去。還在這

里作什庅。難道于心不足。還要眼看著他死了才去不成。賈政聽說。方退了出来。此時人同薛姨媽同寶釵香菱襲人史湘雲等。也都在這裡。襲人滿心委曲。只不好十分使出来。見衆人圍著。灌水的灌水。打扇的打扇。自己又不好下去。便越性走出来到二門前。命小廝們找了焙茗来。細問方才好端端的為什庅打起来。你也不早來透個信。要你們跟著作什庅。焙茗急的說偏生我没在跟前。打到半中間。我才聽見了。忙去打聽原故。却是為棋官同金釧兒姐姐的事。襲人問道此事老爺怎庅得知

道的。焙茗道那棋官的事。多半是薛大爺素習吃醋。沒法兒出
氣。不知在外頭挑唆了誰来在老爺跟前下的火。那金釧兒的
事。是三爺說的。我也是聽見跟老爺的人告訴的。襲人聽了這
兩件事都對景。心中也就信了九分。然後回来。只見衆人都替
寶玉療治。調停完備。賈母命好生抬到他房内去。衆人答應。七
手八脚。把寶玉送到怡紅院内自己的床榻上卧好。又亂了半
日。衆人漸漸散去。襲人方進前来。經心伏（服）侍。問他端的。欲知明
白。且聽下回分解。

紅樓夢第三十四回

情中情因情感妹妹　錯里錯以錯勸哥哥

話説襲人見賈母王夫人等去後。便走来寶玉身邊坐下。含淚問他怎庅就打到這步田地。寶玉歎氣説道。不過為那些事。問他作什庅。只是下半截疼的狠。你瞧瞧打壞了那里没有。襲人聽説。便輕輕的伸手進去。將中衣退下。寶玉略動一動。便咬着牙叫噯喲。襲人連忙停住手。如此三四次。才退了下来。襲人看時。只見脚上半段青紫。都是四指濶的僵痕高了起来。襲人咬著牙說道。我的娘。怎庅下這般狠手。你但凡聽我一句話。也不得到這步地位。幸而沒動筋骨。倘或打出個殘疾来。可叫人怎庅樣呢。正說著。只聽丫環們說寶姑娘来了。襲人聽見。知道穿不及中衣。便拿了一條夾紗被。替寶玉蓋了。只見寶釵手裡托著一丸藥。走進来向襲人說道。晚上把這藥用酒研開。替他敷上。把那瘀血的熱毒散開。可以就好了。說畢遞與襲人。又問這會子可好些了。寶玉一面道謝說好了。又讓坐。寶釵見他睜開眼說話。不像先時。心中也覺寬慰了好些。便點頭嘆道早聽人一句話。也不至今日。別說老太太太太心疼。就是我們看着。心裡也疼。剛說了半句。又忙掩住。自悔說的話急速了。不覺紅了臉。低下頭來。寶玉聽了這話如此親切稠密。大有深意。忽見他又掩住不往下說。紅了臉低下頭。只管弄衣帶。那一種姣羞怯怯。非可形容得出者。不覺心中大暢。將疼痛早已丟在九霄雲外。心中自思我不過捱了幾下打。他們一個個就有這些憐惜悲感之態露出。令人可玩可觀。可憐可敬。假若我一時竟遭殃横死。他們還不知是何等悲感呢。既是他們這樣。我便一時死

了。得他們如此。一生事業。縱然盡付東流。亦無足嘆惜。冥冥之
中。若不怡然自得。亦可謂糊塗鬼祟矣。正想著。只聽寶釵問襲人
道。怎庅好好的動了氣。就打起來了。想必有些原故。襲人便把
焙茗的話說了出来。寶玉原不知道是賈環說的。見襲人說出
方才知道。內因又拉上薛蟠。惟恐寶釵沈心。忙又止住襲人道。
薛大哥哥從来不會這樣的。你們別混裁度。他寶釵聽說。便知
寶玉是怕他多心。用話攔襲人。因心中暗暗想道打的這個形
相。疼還疼的顧不来。還是這樣細心。怕得罪了人。可見在我們

身上也算用心了。你既然這様用心。何不在外頭大事上作些工夫。老爺也歡喜了。也不能吃這様虧。但你故然怕我沈心。所以攔襲人的話。難道我就不知我的哥哥素日恣心縱慾。毫無防範的那種心性。當日為一個秦鍾。還鬧的天翻地覆。自然如今比先又更利害了。想畢因笑道。你們也不必怨這個。怨那個。據我想。倒底寳兄弟素日不正。肯和那些人来往。老爺才生氣。就是我哥哥説話不防頭。一時説出寳兄弟来。也不是有心調唆。一則也是本来的實話。二則他原不理論這些防閑小事。襲

三

姑娘從小兒只見寶兄弟這庅樣細心的人。你何嘗見過我哥哥天不怕地不怕。心裡有什庅。口裡就說什庅的人。襲人因說出薛蟠来。見寶玉攔他的話。早已明白自己說造次了。恐怕寶釵没意思。聽寶釵如此說。更覺羞愧無言。寶玉又聽寶釵這番話。一半是堂皇正大。一半是去自己的疑心。更覺比先暢快了。方欲說話時。只見寶釵起身說道明兒再来看你。你好生養著罷。方才我拿了藥來。交給襲人了。晚上敷上。管保就好。說著便走出門去。襲人趕著送出院外。說姑娘到費心了。改日寶二爺好了。親自来謝。寶釵回頭笑道有什庅謝。處。你只勸他好生静養。别胡思亂想的就好了。不必驚動老太太太太。衆人倘或吹到老爺耳朶里。雖然彼時不怎庅樣。将来對景終是要吃虧的。說着一面去了。襲人抽身回来。心内着實感激寶釵。進来見寶玉沉思默默。似睡非睡的模樣。因而退出房外。自去櫛沐。寶玉默默的躺在床上。無奈豚上作痛。如針挑刀挖一般。更又熱如火炭。略展轉時。禁不住噯喲之聲。那時天氣将晚。因見襲人去了。却有兩三個丫環伺候。此時並無呼喚之事。因說道你們且去梳洗。等我叫人再來。衆人聽了也都退出。這裡寶玉昏昏默默。只見蔣玉菡走了進來。訴說忠順王府拿他之事。一時又見金釧兒進來。哭說為他投井之情。寶玉半夢半醒。都不在意。忽又覺有人推他。耳內恍恍惚惚聽得有人悲泣之聲。寶玉從夢中驚醒。睜眼一看。不是別人。卻是林黛玉。寶玉猶恐是夢。忙又將身子欠起來。向臉上細細一認。只見他兩個眼睛。腫的桃兒一般。滿面淚光。不是黛玉。卻是那個。寶玉還欲看時。怎奈下身疼痛難禁。支持不住。便噯喲一聲。仍舊倒下。嘆了一聲說道。你又作什庅跑来。雖說太陽落下去。那地下的餘熱未散。倘又要受了暑。我雖然捱了打。並不覺疼痛。我這個樣兒只粧出来哄他們。好在外頭佈散與老爺聽。其實是假的。你不可認真。此時林黛玉雖不是嚎啕大哭。然越是這等無聲之泣。氣噎喉堵。更覺利害。聽了寶玉這番話。心中雖有萬句言詞。只是不能說得。半日方抽抽噎噎的說道。你從此可都改了罷。寶玉聽說。便長嘆一聲道。你放心。別說這樣話。我便為這些人死了。也是情願的。一句話未了。只聽院外人說二奶奶来了。林黛玉便知是鳳姐来了。連忙立起身說道。我從後院子裡去罷。回來再来。寶玉一把拉住道。這可奇了。好好的怎庅怕起他來。林黛玉急的跺脚。悄悄的說道。你瞧瞧我的眼睛。若被他看見。他又該取笑開心了。寶玉聽說。連忙的放了手。黛玉二步三步。轉過床後。出了後院而去。鳳姐從前頭已進來了。問寶玉可好些了。想什庅吃。叫人往我那裡取去。接著薛姨娘又來了。一時賈母又打發了人來。至掌燈時分。寶玉只喝了兩口湯。便昏昏沉沉的睡去。接著周瑞媳婦吴登龍媳婦鄭好時媳婦。這幾個有年紀長往来的。聽見寶玉捱了打。也都進来看。襲人忙迎出悄悄的笑道。嬸嬸們来遲了一步。二爺才睡著了。說著一面帶他們到那邊房裡坐了。倒茶與他們吃。那幾個媳婦子都悄悄的坐了一回。向襲人說等二爺醒了。煩姑娘你替我們說罷。襲人答應了。送他們出去。剛要回來。只見王夫人使個婆子來。口稱太太叫一個跟二爺的人呢。襲人見說。想了一想。便回身悄悄的告訴晴雯等。說太太叫人。你們好生在房裡。我去了就來。說畢同那婆子一路出了園子到上房。王夫人正坐在涼榻上搖著芭蕉扇子。

見他來了。說道你不管叫誰來個也罷了。你又丟下他來了。誰伏侍他呢。襲人見說。連忙陪笑回道。二爺睡安穩了。那四五個丫頭。如今也好。都會伏〔服〕侍二爺了。太太請放心。恐怕太太有什庅話吩咐。打發他們來。一時聽不明白。到躭誤了。王夫人道也没什庅話。白問問他這會子疼的怎庅樣。襲人道寶姑娘送去的藥。我給二爺敷上了。比先好些了。先疼的睡不穩。這會子都睡沈了。可見是好些了。王夫人又問吃了什庅没有。襲人道老太太給的一碗湯。喝了兩口。只嚷干渴。要吃酸梅湯。我想著酸

梅是個收斂的東西。才剛捱了打。又不許叫喊。自然急的那熱
血毒熱未免存在心里。倘吃下這個去。激在心裡。再弄出大病
来。可怎庅樣好。因此我勸了半天。才沒吃。只拿那糖醃的玫瑰
滷子和了吃了半碗。又嫌吃絮了不香甜。王夫人道。嗳喲。你不
該早来和我說。前兒有人送了兩碗子香露来。原要給他一點
子的。我怕他胡遭塌了。就沒給。既是他嫌那些玫瑰膏子絮煩。
把這個拿兩瓶子去。一碗水里只用挑一茶匙兒。就香的了不
得呢。說著就叫彩雲来。把前兒的那幾瓶香露拿了来。襲人道

七

只拿兩瓶来罷。多了也白遭塌。等不勾再要時。再來取也是一樣。彩雲聽説。去了半日。果然取了兩瓶来。付與襲人。襲人看時。只見這玻璃小瓶。却有三寸大小。上面螺絲銀蓋。鵝黄箋上寫著木樨清露。那一個寫著玫瑰清露。襲人笑道。好金貴東西。這庅個小瓶兒。能有多少。王夫人道。那是進上的。你没看見鵝黄箋子。你好生替他收著。别遭塌了。襲人答應著。要走時。王夫人又叫站住。我想起一句話來問你。襲人忙又回来。王夫人見房内無人。便問道。我恍惚聽見寶玉今日捱打。是環兒在老爺跟前說了什庅話。你可聽見這個了。你要聽見。告訴我聽聽。我也不吵出來。教人知道是你說的。䶂人道我倒沒聽見這話。為二爺霸佔著戲子。人家來和老爺要。為這個打的。王夫人搖頭說道也為這個。還有別的原故。䶂人道別的原故。實在不知道。我今日大胆在太太跟前說句不知好歹的話。論理。說了半截又忙掩住。王夫人道。你只管說。䶂人笑道太太別生氣。我就說了。王夫人道我有什庅生氣的。你只管說來。䶂人道論理我們二爺也須得老爺教訓兩頓才好。若再不管。不知將來作出什庅

八

事来呢。王夫人一聞此言。便合掌念聲阿彌陀佛。由不得對着
襲人呌了一聲我的兒。虧了你也明白。這話和我的心一樣。我
何曾不知道管兒子。先時你珠大爺在時。我是怎庅樣管他。難
道我如今倒不知管兒子了。只是有個原故。如今我想我已經
五十歲的人。通共剩了他一個。他又長的單弱。況且老太太疼
的寶貝似的。若管緊了他。倘或再有個好歹。或是老太太氣壞
了。那時上下不安。豈不生事。所以縱壞了他。我常常掰着口兒
勸一陣。說一陣。氣的罵一陣。哭一陣。彼時他好。過後兒還是不

相干。端的吃了虧才罷。設若打壞了。將来我靠著誰呢。說著由不得滾下淚来。襲人見王夫人這般悲感。自已也不覺傷了心。陪著落淚。又道二爺是太太養的。豈不心疼。便是我們作下人的。伏（服）侍一場。大家落個平安。也算是造化了。要這樣起来。連個平安都不能了。那一日那一時我不苦口勸二爺。只是再勸不醒。偏生那些人又肯親近他。也怨不得他這樣。今日太太提起這話来。我還記掛著一件事。每要来回太太。討太太個主意。只是我怕太太疑心。不但我的話白說了。且連葬身之地都沒了。

九

王夫人聽了這話內有因忙問道我的兒你有話只管說近来
我因聽見衆人背前背後都誇你好我只說你不過是在寶玉
身上留心或是諸人跟前和氣這些小意思兒好所以將你合
老姨娘們一體行事誰知你方才和我說的那話全是大道理
正合我的心你有什庅只管說什庅只別叫人知道就是了襲
人道我也沒甚別的說我只想着討太太一個示下怎庅變箇
法兒已後竟還叫二爺搬出園外來住就好了王夫人聽了這
話吃一大驚忙拉了襲人的手問道寶玉難道和誰作甚怪了

不成。龍人連忙回道。太太別多心。並沒有這話。這不過是我的小見識。如今二爺也大了。裡頭姑娘們也大了。况且林姑娘寶姑娘又是兩姨姑表姨（姊）妹。雖說是姐妹們。到底是（有）男女之分。日夜一處起坐。也不方便。由不得不叫人懸心。便是外人看著也不像一家之事。俗語說的沒事常思有事。世上多少無頭腦的事。多半皆因無心中作出。有心人看見。當作有心事。反說壞了。只是預先不防著。斷然不好。二爺的素性。太太是知道的。他又偏好在我們這隊裡鬧。倘或不防。前後錯了一點半點。不論真

十

假。人多口雜。那起小人的嘴。有什庅避諱。心順了說的比菩薩還好。心不順就貶的連畜生不如。二爺將来倘或有人說好。不過大家直過。設或叫人哼出一聲不字来。我們不用說粉身碎骨。罪有萬重。都是平常小事。但後來二爺一生的聲名。豈不完了。二則太太也難見老爺。俗語又說君子防未〔不〕然。不如這會子防避的為是。太太事情多。一時固然想不到。我們想不到也就罷了。既想到了。若不回明太太。罪越重了。近来我為這事。日夜懸心。又不好說與人。惟有燈知道罷了。王夫人聽了這話。如雷

轟雷掣的一般。正觸動了金釧兒之事。心下越發感愛襲人不
盡。忙笑道我的兒。你竟有這個心胸。想的這樣週全。我何曾又
想不到這里。這是這幾次有事就忘了。你今兒這一番話。提醒
了我。難為你成全我娘兒兩個的聲名體面。真真我竟不知道
你這樣好歹。罷了。你且去罷。我自有道理。只是還有一句話。你
今既說了這樣的話。我心裡狠喜歡。我就把寶玉交給你了。諸
事留心保全他。你保全寶玉。就是保全了我。我自然不辜負你。
襲人連連答應著去了。回至怡紅院。正值寶玉睡醒。襲人回明

香露之事。寶玉甚喜。即命調來嚐試。果然香美異常。因心下記掛著黛玉。滿心裡要打發人去。只是怕襲人攔阻。便設一法使襲人往寶釵那裡去借書。襲人去了。寶玉便命晴雯來吩咐道。你到林姑娘那里看看他作什庅呢。他要問我。你只說我好了。晴雯道白眉赤眼。作什庅去呢。到底說句話兒。也像一件事好去。寶玉道沒有什庅可說的。晴雯道若不然。或是送件什庅東西。或是取件東西。我到那裡也好打趔。寶玉想了一想。便伸手拿了兩條手帕子撂與晴雯。笑道也罷。你就說叫你送這個給

他去了。晴雯道這又奇了。他要這半新不舊的兩條手帕子作
什庅。他要惱了。又說你打趣他了。寶玉道你放心。只管送去。他
自然知道。晴雯聽了。只得拿了手帕子往瀟湘館而来。只見春
纖正在欄杆上晾手帕子。見他進来。忙對他搖手兒。說睡下了。
晴雯走進一看。滿屋漆黑。並未點燈。黛玉已睡在床上。尚未睡
著。聽得有人說話。便問是誰。晴雯忙答道是晴雯。黛玉道作什
庅来了。晴雯道二爺命送手帕子來給姑娘。黛玉聽了心中納
悶。暗想作什庅送手帕子給我。因問這帕子是誰送他的。必定

是上好的。叫他留著送別人罷。我這會子不用這個。晴雯笑道
不是新的。就是家常舊的。林黛玉聽見越發納悶。再著實細心
搜求。思忖一時。方才大悟過来。連忙說放下去罷。晴雯聽了。只
得放下。抽身回去。一路盤算。不解何意。這里林黛玉體貼出手
帕子的意思来。不覺神魂馳蕩。寶玉這番苦心。能領會我這番
苦意。又令我可喜。我這番意不知將来如何。又令我可悲。忽然
好好的送兩塊舊手帕子来。若不是領我深意。單看了這帕子。
又令我可笑。再想令人私相傳遞與我。可懼。我自己每每好哭。

想來也無味又令我可愧如此左思右想一時五內沸然炙起黛玉由不得餘意綿纏難臥命掌燈火也想不起嫌疑避諱等事便向案上研墨醮筆便向那兩塊舊帕上走筆寫道

眼空蓄淚淚空垂　暗洒閒拋却為誰　尺幅鮫綃勞解贈　叫人焉得不傷悲

其二

拋珠滾玉只偷潸　鎮日無心鎮日閒　枕上袖邊難拂拭　任他點點與斑斑

圭

其三

綠線難收面上珠。湘江舊跡已糢糊。窓前亦有千竿竹。不識香痕漬也無。

林黛玉還要往下寫，覺得渾身火熱，面上作燒。走至鏡臺揭起錦袱一照，只見腮上通紅，自羨壓倒桃花，却不知病由此萌。一時方上床睡去，猶拿著那帕子思索。不在話下。却說襲人來見寶釵，誰知寶釵不在園內，往他母親那裡去了。襲人便空手回来。等到二更，寶釵方回来。原来寶釵素知薛蟠情性，心中已有一半疑是薛蟠調唆了人来告寶玉的。誰知又聽襲人說出来。越發信了。究竟襲人也是聽得焙茗說的。那焙茗也是私心窺度。並未據實。大家都是一半裁度。一半據實。究竟認准是他說的。也因薛蟠素日有這個名聲。其實這一次却不是他幹的。被人生生的一口咬死是他。他也有口難分。這日正從外頭吃了酒回来。見過母親。只見寶釵在那里。說了幾句閒話。後因問聽見寶兄弟吃了虧。是為什庅。薛姨媽正為這個不自在。見他問時。便咬著牙說道。不知好歹的寃家。都是你鬧的。你還有臉来問。薛蟠見說這話。便怔了。忙問道我鬧什庅来。薛姨媽道你還粧憨呢。人人都知道是你說的。你姨父幾乎没把寶玉打死了。若不是老太太同你姨娘出来。還不知是怎庅樣呢。薛蟠道人人都說我殺了人。也就信了罷。薛姨媽道連你妹妹都知道是你說的。難道他也賴你不成。寶釵忙勸道媽和哥哥且別吵嚷。消消停停的。就有個青紅皁白了。因向薛蟠道是你說的也罷。不是你說的也罷。事情也過去了。不必較正。倒把小事弄大了。我只勸你從此已後少在外頭胡鬧。少管別人的事。天天一處

大家胡𨑻。你是個不防頭的人。過後沒事就罷了。倘或有事。不
是你幹的。人人都也疑你。若是你幹的。不用說別人。我就疑惑。
薛蟠本是個心直口快的人。一生見不得這樣藏頭露尾的事。
又見寶釵勸他不要往外頭去。他母親又說他犯舌告人。寶玉
之打是他治的。早已急的亂跳。賭身發誓的分辯。又問衆人是
誰這樣贓派我。我把那囚攮的牙敲了才罷。分明是見打了寶
玉。沒的獻勤兒。拿著我來作幌子。難道寶玉是天王。他父親打
了他一頓。一家子定要鬧幾天。那一回為他不好。姨爹打了他

十五

兩下子。過後老太太不知怎庅知道了。說是珍大哥治的。好好的把珍大哥叫了去罵了一頓。今兒又拉上我了。既拉上我。我也不怕。越性進去把寶玉打死了。我替他償命。大家干淨。一面嚷。一面抓起一根門閂来就跑。忙的薛姨媽一把拉住罵道。作死的孽障。你打誰去。你先打我来。薛蟠急的兩眼銅鈴一般。嚷道何苦来。又不叫我去。又好好的賴我。將来寶玉活一日。我耽一日的口舌。不如大家死了。到也清淨。寶釵忙上前勸道。你忍耐些兒罷。媽急的這樣兒。你不知道聽說。你反鬧的這樣。別說

是媽跟前。便是傍人來勸。也爲的是你好。倒把你的糊塗性子
勸上來了。你進去打去。打死了怕你不償命。你的命也不值錢。
媽也白養了你了。薛蟠道你這會子又說這樣話。都是你說的。
寶釵道你只怨我說。再不怨你顧前不顧後的形景。薛蟠道你
會怨我顧前不顧後。你怎庅不怨寶玉外頭招風惹草的那個
樣子。別說多的。只拿前兒棋官的事比給你們聽。那棋官我們
見了十來次。他並未和我說一句親熱話。怎庅前兒他見了。連
姓名還不知道。就把汗巾子給他了。難道這也是我說的不成。

十六

薛姨媽和寶釵急的說道還提這個。可不是為這個打他呢。可見是你說的了。薛蟠道真真的氣死人了。賴我說的。我卻不惱。我只為一個寶玉鬧的天翻地覆的。也不該。寶釵道誰鬧了。你先持刀動杖的鬧起來。你到說別人。薛蟠見寶釵說的話。句句有理。難以駁証。因此便設法拿話堵回他去。因正在氣頭上未曾思忖話之輕重。便說道好妹妹。你不用和我鬧。我早知道你的心了。從先媽合我說。你要揀有玉的才可正配。你留了心。見寶玉有那勞什子。你自然如今行動護着他。話未說了。把個寶釵氣怔了。拉著他母親哭道。媽你聽哥哥說的是什庅話。薛蟠見妹子哭了。便知自己冒撞。便賭氣走到自己房裡去睡。不提這裡薛姨媽氣的亂戰。一面又勸寶釵道。你素日知道那畜生說話没道理。明兒我叫他給你陪不是。寶釵滿心委曲氣忿。待要怎庅。又怕他母親不安。少不得含淚别了母親。各自回来。到房裡整哭了一夜。次日早起来也無心梳洗。胡亂整理整理。便出来往他母親那邊去。可巧遇見了林黛玉獨立在花陰之下。問他那裡去。寶釵因說家去。口裡說著。便只管走。黛玉見他無

十七

精打彩的去了○又見眼上似有哭泣之狀○大非往日可比○便在後面笑道○姐姐且自己保重些兒○就是哭出兩缸眼淚来○也醫不好棒瘡○不知薛寶釵如何答對○且聽下回分解○

紅樓夢第三十五回

白玉釧親嚐蓮葉羹　黄金鶯俏結梅花絡

話説寳釵分明聽見林黛玉尅薄他。因記掛著母親哥哥。並不回頭。一逕去了。這里林黛玉還自立于花陰之下。遠遠的却向怡紅院内望著。只見李宫裁迎春探春惜春。並各項人等。都向怡紅院内去過之後。一起一起的散盡了。只不見鳳姐兒来。心内自己盤算道。如何他不来瞧寳玉呢。便是有事纏住了。他必定也是要来打個花胡哨。討老太太和太太的好兒才是。今兒這早晚不来。必定有原故。一面猜疑。一面抬頭看時。只見花花簇簇的一羣人。又向怡紅院内来了。細看時只見賈母搭著鳳姐兒的手。後頭邢夫人王夫人。跟著周姨娘並丫環媳婦人等。都進院去。林黛玉看了。不覺點頭嘆氣。想起有父母的人好處来。早又珠淚滿面。少頃只見寶釵薛姨媽等也進入去了。忽見紫鵑從背後走来說道。姑娘吃藥去罷。開水又冷了。林黛玉道你到底要怎庅樣。只管催我。吃不吃管你什庅相干。紫鵑笑道。姑娘咳嗽的才好些了。又不吃藥了。如今雖是五月裡。天氣熱。

倒底也該還小心些才是。大清早晨起来。就在這個潮地方站了半日。也該回去歇息歇息。比不得什庅強壯身子。一句話提醒了林黛玉。方覺得有些腿酸。呆了半日。方慢慢的的同紫鵑回自己院来。一進院門。只見滿地下竹影參差。苔痕濃淡。不覺又想起西廂記中所云幽僻處。可有人行。點蒼苔白露泠泠二句来。因暗暗的嘆道。雙文雙文。誠為薄命人矣。然你雖命薄。尚有孀母弱弟。今日林黛玉之薄命。一并連孀母弱弟俱無。古人云佳人命薄。然我非佳人。何命薄勝於雙文哉。一面想。一面只管

二

走不防廊簷上的鸚哥兒見林黛玉来了嘎的一聲撲了下来
倒唬了一跳因說道作死的又搧了我一頭的灰那鸚哥兒仍
飛上架去便叫雪鴈快掀簾子姑娘来了林黛玉便止住步以
手扣架笑道添了食不曾那鸚哥便長嘆一聲便似林黛玉素
日吁嗟之音韻接著學說道儂今葬花人笑痴他年葬儂知是
誰試看春盡花漸落便是紅顏老死時一朝春盡紅顏老花落
人亡兩不知林黛玉同紫鵑聽了都笑起来紫鵑笑道這都是
姑娘素日念的難為他怎庅記来著黛玉便命紫鵑將架子摘

下来。另掛在月洞窗外的簷上。説畢進了屋子。在月洞窗内坐了。吃畢藥。只見窗外竹影映入紗窗来。滿屋内陰陰翠潤。几簟生涼。林黛玉沒可釋悶。便隔著紗窗。引逗鸚哥作戲。又將素日所喜的詩詞。也交（教）與他念。這且不在話下。且説薛寶釵来至家中。只見他母親正自梳頭。一見他来了。便説道你大清早起跑過来作什庅。寶釵道我瞧瞧媽。媽媽身上好不好。昨兒我去了之後。不知他可又過来鬧了沒有。一面説一面在他母親身傍坐了。由不得哭將起来。薛姨媽見他一哭。自己掌不住也就哭了。

一面又勸他我的兒。你別委曲了。他的那個糊塗。你還不知道麼。別同他一般見識。等我處分那個業障。你要氣的有個好歹。可叫我指望那一個呢。薛蟠在那邊看見。連忙跑了過來。對着寶釵左一揖。右一揖。滿口只說好妹妹。恕我這次。原是我昨日吃了酒回來。又聽見說寶玉捱了打是我治的。媽和妹子又只管派我的不是。我滿肚皮的委曲。又勾起酒來。不知胡說了些什麼。連我也不知道了。怨不得妹妹你生氣。寶釵原是掩面哭的。聽了這些話。遂抬頭向地下啐了一口。說道你不用作這些像生兒。我知道你的心。多嫌著我們娘兒兩個。你是變著法兒叫我們離了你。你就眼淨了。薛蟠聽說連忙笑道。妹妹這話從何說起的。這叫我連立足之地都沒有了。妹妹從来不是這樣多心。說這歪話之人。薛姨媽忙又接著說道。你就只會聽見人家的歪話。難道你昨日晚上你說的那話。就該的不成。當真是你發昏了。薛蟠道媽也不必生氣了。妹妹也不用煩惱。從此以後。我再不同他們一處吃酒閒矌如何。寶釵笑道。這不明白過来了。薛姨媽說你要有這個橫勁。那龍也下蛋了。薛蟠道我再

四

和他們一處牕時。妹妹聽見。只管啐我。叫我畜生如何。何苦来

爲我一個人。娘兒兩個天天操心。媽爲我生氣。還有可恕。只管

叫妹妹爲我操心。我成了个什庅人了。如今父親沒了。我不能孝

順媽。多疼妹妹。反叫媽生氣。妹妹煩惱。眞連畜生也不如了。口

裡說。眼睛裡不住的也滚下淚来。薛姨媽本不哭。聽他說這些

話。又勾起傷心来。寶釵道。你鬧殼了。這會子又招媽傷心起来。

薛蟠聽說。忙收了淚。眼笑道。我何曾招媽哭来。罷罷。丟下這個

別提了。叫香菱来倒茶。妹妹吃。寶釵道。我也不吃茶。等媽洗了

手。我們就進去了。薛蟠道妹妹的項圈我瞧瞧。只怕該炸一炸

了。寶釵道黃澄澄的又炸他作什麼。薛蟠又道妹妹如今也該

添補些衣裳了。要什麼顏色花樣告訴我。寶釵道有好些衣裳

我還沒穿過呢。又作什麼。一時薛姨媽洗完了手。換了衣服。拉

著寶釵進園子裡去。薛蟠方出去了。這裡薛家母女進園子裡

来瞧寶玉。到了怡紅院中。只見抱廈裡外迴廊上。許多丫環老

婆站著。便知賈母等都在此。他母女二人進來。大家見過了。只

見寶玉躺在榻上。薛姨媽問他可好些了。寶玉忙欲欠身。口裡

五

答應著好些。又說只管勞動姨娘姐姐来看我。經當不起。薛姨媽忙扶他睡下。又問他想什庅。只管告訴我。寶玉笑道我想起来自然和姨娘要去。王夫人又問你想什庅吃。回来好給你送来。寶玉笑道倒不要什庅吃。倒是那一回作的那小荷葉兒小蓮蓬的湯還好些。鳳姐兒一傍笑道。聽聽口味不笇高貴。只是太磨牙了。巴巴的想這個吃了。賈母便一疊連聲的叫快作去。鳳姐兒笑道老祖宗別急。等我想一想這模子誰收著呢。因回頭吩咐個婆子去問管廚房的要去。那婆子去了半天。来回說管廚房的說四付湯模子。都交上来了。鳳姐兒聽說。想了一想。我也記得交上来了。但不知交給誰了。多半在茶房里呢。又令人去問管茶房的。也不曾收。次後還是管金銀器皿的人送了来。薛姨媽先接過来瞧時。原来是個小匣子。里面裝著四付銀模子。都是一寸多長。一一見方。上面鑿著有豆子大小。也有菊花的。也有梅花的。也有蓮蓬的。也有菱角的。共有三四十樣。打的十分精巧。因笑向賈母王夫人道。你們府上也都想絕了。吃碗湯。還有這些樣子。若不說出来。我見這個也不認得。這是作什庅用的呢。鳳姐也不等人說話。便笑道。姨娘那里曉得。這是舊年預備膳的。他們想的法兒。不知弄些什庅面印出来。借着清湯的味道。作出来也還罷了。究竟是塊死麵無意思。誰家家常飯也吃他呢。那一回呈樣的作了一回。他今兒怎庅想起来了。說着接了過来。遞與個婦人。吩咐廚房里立刻拿幾支雞另外添了東西。作出十来碗来。王夫人道要這些作什庅。鳳姐兒笑道。有個原故。這個東西。家常不大作。今日寶兄弟提起来了。單作給他吃。老太太姨娘太太都不吃。似乎不好。不如就勢兒

弄些。大家吃。托賴著老太太的福。連我也上一個俊。賈母聽了
笑道。猴兒。把你乖的拿著官中的錢。你作人。說的大家笑了。鳳
姐兒也忙笑道。這不相干。這個小東道我還孝敬的起。便回頭
吩咐婦人。說給廚房里只管添補著作了。在我的賬上来領銀
子。婦人答應著去了。寶釵一傍笑道我来了這幾年。留神看起
来。鳳丫頭憑他怎庅巧。巧不過老太太去。賈母聽說便答道。我
的兒我如今老了。那裡還巧什庅。當日我像鳳姐這庅大年紀。
比他還来得呢。他如今雖說不如我們那時節。他也算好了。比

七

你姨娘強遠了。你姨娘可憐見的。不大說話。和木頭似的。在公婆跟前就不大顯好兒。鳳姐兒嘴乖。怎庅怨得人疼他。寶玉笑道。若這庅說。不大說話的就不疼了。賈母說。不大說話的。又有不大說話的可疼之處。嘴乖的。也有一宗可嫌的。倒不如不說的。寶玉笑道。這就是了。我說大嫂子倒不大說話呢。老太太也是和鳳姐姐一樣的看待。若說是單是會說話的可疼。這些姐妹裡頭。也只是寶姐姐和林妹妹可疼了。賈母道提起他姊妹來。不是我當著姨太太面奉承。千真萬真。從我們家四個女孩

算起。都不如這寶丫頭。薛姨媽聽說忙笑道。這話老太太是偏
說了。因老太太疼他。無論好不好。摠說是好。王夫人忙又笑道。
老太太時常背地裡和我說寶丫頭好。這倒不是假話。寶玉說
這幾句話。原為勾著賈母欲讚林黛玉的。不想反讚起寶釵来。
倒也意出望外。便看寶釵一笑。寶釵早回過頭去和襲人說話
去了。忽有人来請吃飯。賈母方立起身来向寶玉說。好生養著。
又把襲人等囑付了一回。方扶著鳳姐兒讓薛姨媽大家出房
去了。因問湯好了不曾。又問薛姨媽想什庅吃。只管告訴我。我

八

有本事叫鳳丫頭弄了来咱們吃。薛姨媽笑道老太太也會漚
他。時常他弄了東西孝敬老太太。究竟又吃不多。鳳姐笑道。姨
娘倒别這麼說。我們老祖宗只是嫌人肉酸。不然早已把我還
吃了呢。一句話沒說了。引得賈母等都哈哈的笑起来。寶玉在
房里聽見。也不(忍)不住笑了。襲人笑道真真的二奶奶這張嘴怕
死人。寶玉伸手拉著襲人笑道。你站了這半日可乏了。一面說
一面拉他在身傍坐了。襲人笑道可是又忘了。趁寶姑娘還在
院子裡。你和他說。煩他的鶯兒来打上幾根絡子。寶玉笑道。虧

你提起来。說著便抬頭向窗外道。寶姐姐吃過飯。呌你們鶯兒
来。煩他打幾根絡子。可得閒麼。寶釵聽見回頭向窗內笑道。怎
麼不得閒。一會兒呌他来便了。賈母尚未聽真。都止住步問寶
釵。寶釵說明了。大家方明白。賈母又說道好孩子。你呌他来給
你兄弟作幾根。你要使人。我那里閒著的人多呢。你喜歡誰。呌
了誰去使喚。薛姨媽與寶釵都笑道。只管呌他来作就是了。有
什麼使喚人的去處。天天也是閒著淘氣。呌他来作個活計。省
的瘋跑。也好罷咧。大家說著往前正走。忽見史湘雲平兒香菱

等。在山石邊摘鳳仙花兒。見了賈母等。他們都迎上来了。少頃出至園外。王夫人恐賈母乏了。讓至他住的上房内坐。賈母也覺得有些腿酸。便點頭說道。我也有好幾個月没往你家曠曠。借此走走。王夫人聽了便先命小丫頭們去鋪設坐位。那趙姨娘推病。只有周姨娘同衆婆子丫頭們忙迎接出来請安。打簾子。立靠背。鋪褥子。賈母扶着鳳姐兒進来。與薛姨媽分賔主坐了。薛寶釵史湘雲坐在下面。王夫人親捧了茶来奉與賈母。李宮裁奉與薛姨媽。賈母向王夫人道。讓他們小妯娌們服侍罷。

你在那裡坐下好說話兒。王夫人方向一張小杌子上坐了。便吩咐鳳姐兒道。老太太的飯就在這里放罷。添些東西来。鳳姐答應了出去。便命人去賈母那邊告訴。那邊的婆娘忙往外傳了。丫頭們忙趕過来預備。王夫人又命請姑娘們去。請了半天。只有探春惜春兩個来了。迎春身上不奈煩。不吃飯了。黛玉自不消說。平素十頓飯。只好吃五頓。衆人也不著意了。少頃飯至。衆人調放了桌子。鳳姐兒用手巾裹著一把牙快。笑道。老祖宗和姨娘不用讓。還聽我說就是了。賈母向薛姨媽道。我們就是這様。薛姨媽笑著應了。于是鳳姐兒放了四雙快子。上面兩雙是賈母薛姨媽。兩邊是薛寶釵史湘云的。王夫人李宮裁都站在地下看著放菜。鳳姐兒先忙著要乾净傢伙来。替寶玉揀菜。少頃荷葉湯来。賈母看過了。王夫人回頭見玉釧兒在傍。邊。便命玉釧兒與寶玉送去。鳳姐道他一個人拿不了。正說著可巧鶯兒和同喜兒都來了。寶釵已知道他們吃了飯。便向鶯兒道。寶兄弟正叫你打絛子。你們兩個一同送去罷。鶯兒答應。便同玉釧兒出来。鶯兒說這広遠。怪熱的怎広端了去。玉釧笑道你

放心。我自有道理。說著便命一個婆子来。將湯飯等物放在一
個捧盒里。命他端了。跟著。他兩個却空著手走。一直来至怡紅
院門口。玉釧兒方接了過来。同鶯兒進了寶玉房中。麝月襲人
秋紋三個人正自頑笑。見他兩個来了。都忙起来笑道。你們兩
個怎庅碰的巧。一齊来了。一面說。一面接了下来。玉釧兒便向
一張杌子上坐了。鶯兒不敢坐。襲人便忙端了個脚踏来。鶯兒
還不敢坐。寶玉見鶯兒来了。却到十分歡喜。忽見了玉釧兒。便
想起他姐姐金釧兒来。又是傷心。又是慚愧。便把鶯兒丟下。且

和玉釧兒說話。襲人見把鶯兒不理。恐他不好意思。又見鶯兒不肯坐。便拉了鶯兒出来。到那邊房裡去倒茶說話兒去了。這里麝月等預備了碗快子来伺候吃飯。寶玉只管不吃。問玉釧兒道。你母親身上好。玉釧兒滿腔怒色。正眼也不看他。半日方說了一個好字。寶玉便覺没趣。半日又只得笑問道。誰叫你替我送来的。玉釧兒道不過是奶奶太太們。寶玉見他還是苦喪着臉。便知他是為金釧兒的原故。待要虛心下氣哄他。又見人多不好下氣的。因而變盡方法。將衆人都支出去。然後又陪笑問長問短。那玉釧兒先雖不欲答理。只管見寶玉一些性氣沒有。憑他怎麽喪謗。總是温存和悅。自己反倒不好意思了。臉上方有了三分喜色。寶玉便笑著求他道。好姐姐你把那湯端来我嚐嚐。玉釧兒道從不會喂人東西。等他們来了再吃。寶玉笑道我不是要你喂我。我因為走不動。你遞給我吃了。你好赶早兒回去交待了。你好吃飯去。我只管躭悮了時候。你豈不餓壞了。你要懶待動。我少不得忍了疼下去取来。說著便要自己下床来取。剛拃挣起来。禁不住有嗳喲之聲。玉釧兒見了這樣。忍

十二

耐不住。便起身說道躺下罷。那世裡造了業〔孽〕的。這會子現世現報。教我那一個眼睛看的上。一面說。一面哧的又笑了。端過湯来。寶玉笑道好姐姐。你要生氣。只管在這裡生罷。回来見了老太太太太。可放和氣些。若還這樣。你就又捱罵了。玉釧兒道吃罷。吃罷。不用和我甜嘴蜜舌的。我可不信這些。說著催寶玉喝了兩口湯。寶玉故意說不好吃。不好吃。玉釧兒說道阿彌陀佛。這樣東西還不好吃。什庅才好吃呢。寶玉道一點味兒也沒有。你不信。你嚐一嚐就知道了。玉釧兒果然認真賭氣過来嚐了一嚐。寶玉笑道這可好吃了。玉釧兒聽説。方解過意来。原是寶玉哄他吃一口。便説道你既説不好吃。這會子又説好吃。也不給你吃了。寶玉只管陪笑央求要吃。玉釧兒又不給。一面又叫人来打發他吃飯。丫頭們方進来時。忽有人来回説傅爺家的兩個媽媽来請安。求見二爺。寶玉聽説。便知是通判傅試家的嬷嬷来了。那傅試原是賈政的門生。年来都賴賈家的名勢得意。賈政又著實看顧他。與别個門生不同。他常遣婦人来走動。然寶玉素昔最厭勇蠢婦人的。今日却如何又肯令這兩個婆

十三

子進来。其中原来有個緣故。只因寶玉聞得傅試有個妹子。名喚傅秋芳。也是個瓊閨秀玉。常聞人說才貌俱全。雖未親覩。然遐思慕愛之心。十分誠敬。不命他們進来。恐薄了傅秋芳。因此連忙命讓進来。那傅試原是暴發的。因妹子有幾分姿色。聰敏過人。那傅試倚仗着妹妹要與豪門貴族結姻。不肯輕意許人。所以躭誤到如今。目今傅秋芳已二十三歲。尚未許人。争奈那些豪門貴族。又嫌他窮酸。根基浅薄。不肯求配。那傅試與賈家親密。也只有一段心事。今日遣来的兩個婆子。偏是極無知識的。聞得寶玉要見。進来只剛問了一聲好。説了没兩句話。那玉釧兒見生人来了。也不和寶玉廝鬧了。手裡端著湯。只顧聽話。寶玉又只顧和婆子説話。一面吃飯。伸手去要湯。兩個人的眼睛都看著人。不想猛伸了手。便將碗磞落。將湯潑了寶玉手上。玉釧兒倒不曾燙著。唬了一跳。忙笑道這是怎庅了。慌的衆人忙上前来接碗。寶玉自己燙了手。倒不覺的。却只管問玉釧兒燙了那裡了。疼不疼。玉釧兒和衆人都笑了。玉釧兒道你自已燙了。你只管問我。寶玉聽説。方覺自已燙了。衆人上来連忙收

古

拾。寶玉也不吃飯了。洗手吃茶。又和那兩個婆子說了兩句話。然後兩個婆子辭出。見沒人了。一行走。一行談論。這一個笑道。怪道有人說他家寶玉是外像好。內裡糊塗。中看不中吃的。果然竟有些獃氣。他自己燙了手。倒問人家疼不疼。這可不是個獃子。那一個又笑道。我前一回來。聽見他們家裡許多人抱（報）怨。千真萬真有些獃氣。大雨淋的水雞似的。他反告訴人下雨了。快避雨去罷。你說可笑不可笑。時常沒人在跟前。就自哭自笑的。看見燕子。就和燕子說話。河裡看見魚。就和魚說話。對著星星月亮。不是長吁短嘆的。就是咕咕噥噥的。且連一點兒剛性兒也沒有。連那些毛丫頭的氣都受。至愛惜東西時。連個線頭兒都是好的。若遭塌起来。那怕值千值萬的都不管了。兩個人一面說一面走出園来。辭別諸人回去。不在話下。如今且說襲人見人去了。便攜了鶯兒過来。問寶玉打什麼絡子。寶玉笑向鶯兒道。方才只顧說話就忘了。煩了你来。叫你只管等著。煩你替我打幾根絡子。鶯兒道要打裝什麼的絡子。寶玉見問笑道。不管裝（打）什麼的。你都每樣打幾根罷。鶯兒拍手笑道。這還了得。

圭

要這樣。打十年也打不完了。寶玉笑道好姐姐。你閒著也無事。都替我打了罷。襲人笑道那裡一時都打的完呢。如今先揀著要緊的打幾根罷。鶯兒道什麼是要緊。不過是扇子香墜汗巾子罷呢。寶玉道汗巾子就好。鶯兒道汗巾子要什麼顏色的。寶玉道要大紅的。鶯兒道若要大紅的。須是黑絡子才好看。或是石青的才壓的住顏色。寶玉道松花色配什麼顏色好。鶯兒道松花色配桃紅色。寶玉道這才姣艷。再雅淡之中帶些姣艷。鶯兒道葱緑柳黄。是我最愛的。寶玉道也罷。打一條桃紅的。再打一條柳緑的○要什庅花樣呢○寶玉道你會的共有幾樣花樣○鶯兒道一炷香○朝天鐙○象眼塊○方勝○連環○梅花○柳葉兒這幾種○寶玉道前兒給三姑娘打的○那花樣是什庅○鶯兒道那是攢心梅花○寶玉道就是那個樣的就好○一面說○一面襲人剛来〔拿〕了線来○窓外婆子們說姑娘們的飯有了○寶玉道你們快吃了来○襲人笑道有客在這裡○我們怎好去呢○鶯兒一面接線○一面笑道○你我天天在一處○怎說起這樣話来○正經快吃了来罷○鬧什庅客套呢○襲人等聽說方去了○只留下兩個小

丫頭在此聽呼喚。寶玉一面看鶯兒打絡子。一面同他說閒話。

因問他十幾歲了。鶯兒手裡打著絡子。一面答話說十六歲了。

寶玉道你本姓什庅。鶯兒道姓黃。寶玉笑道這個姓名倒對了。

果然是個黃鶯兒。鶯兒笑道我的名字本来是兩個字。原呌作

金鶯兒。来著。姑娘嫌拗口。就去了金字。就单呌鶯兒。如今也就

呌開了。寶玉道寶姐姐也就筭疼你了。明日寶姐姐出閣。少不

得是你跟去了。鶯兒抿嘴一笑。寶玉笑道我常和襲人說。明日

不知那一個有福的。消受你們主子奴才兩個呢。鶯兒笑道你

還不知道我們姑娘有幾樣世人都沒有的好處模樣兒還在
次寶玉見鶯兒姣態婉轉語笑如痴早不勝其情了見他又提
起寶釵来便問他道好處在那裡好姐姐你細細的告訴我鶯
兒道〔笑〕道我告訴你你不可又告訴他去寶玉笑道這個自然的
正說著只聽外頭說道怎麽這樣靜悄悄的二人回頭看時不
是別人正是寶釵来了寶玉忙讓坐寶釵坐了因問鶯兒打了
多少了一面向他手裡去瞧才打了半截寶釵笑道這有什麽
趣兒到不如打個絡子把玉絡上呢一句話提醒了寶玉便拍

十七

手笑道。倒是姐姐說的是。我就忘了。只是配個什庅顏色好。寶釵道若用雜色。斷然是不好看的。大紅又犯了色。黄的又不起眼。黑的又過暗。等我想個法兒。有了。把那金線拿來配着黑珠兒線。一同拈上。打成絡子。這才好看。起色。寶玉聽說。喜之不禁。一疊連聲便叫襲人來取金線時。正值襲人端了兩碗菜。走進来告訴寶玉道。今兒是那裡来的好運。剛才太太打發人給我送了兩碗菜来。寶玉道。必定是今兒菜多。送来給你們大家吃的。襲人道。不是。是指名給我送来的。還吩咐不叫我過去磕頭。

可是奇怪不奇怪。寶玉笑道既是太太单賞你的。你就拿了去吃。這有什麽猜疑的呢。主子賞奴才東西。也是常事罷咧。襲人笑道因從來没有的事。倒叫我不好意思的。寶釵抿嘴一笑。説道這就不好意思了。明兒還有比這個不好意思的呢。襲人聽了話内有因。欲要追問。因想素日寶釵不是轉嘴刻舌的奚落人的。自己方想起上日王夫人意思来。便不再説。將菜與寶玉看了。説我洗了手来拿線。説畢便一直出去。吃過飯。洗了手進来拿金線與鶯兒打絡子。此時寶釵早被薛姨媽遣人請出去了。

六

這裡寶玉正看著打絡子。並欲要問鶯兒方才他說寶釵的什庅好處。忽見邢夫人那邊著兩個丫環送了兩樣菓子来與寶玉吃。又問他可走得了庅。若是走得動。叫哥兒明兒過去散散心。太太著實記掛著呢。寶玉忙道若走得了。必定請大太太的安去。疼的比先好些了。請太太放心罷。一面叫他兩個坐下。一面又叫秋紋来。把才那菓子拿一半給林姑娘送去。秋紋荅應了。剛欲去送時。聽得黛玉在院內說話。寶玉忙叫快請。不知黛玉進来如何。且聽下回分解。

紅樓夢第三十六回

繡鴛鴦夢兆絳雲軒　識定分情悟梨香院

話說賈母自王夫人處回来。見寶玉一日好似一日。心中自是歡喜。因將来怕賈政又叫他。遂命人將賈政的親隨小廝頭兒喚来吩咐他。已後倘有會人待客諸樣的事。你老爺要叫寶玉。你不用上来傳話。就回他說我說了一則打重了。得着實將養幾個月纔走得。二則他的星宿不利。祭了星不見外人。過了八月纔許出二門。那小廝頭兒聽了。領命而去。賈母又命李嬤嬤、

一

襲人等来將此話說與寶玉。使他放心。那寶玉素日本就懶與士大夫諸男人接談。又最猒峩冠禮服。賀弔往来等事。今日得了這話。越發得了。不但將親戚朋友一槩杜絶了。而且連家庭中晨昏定省。亦發都隨他的便了。日、只在園中遊卧。不過每日一清早到賈母王夫人處就回来了。却每、甘心為諸丫鬟充役。竟也得十分閒消日月。或如寶釵輩有時見機導勸。反生起氣来。只說好的一箇清淨潔白女兒。也學的弔名沽譽入鬼賊祿鬼之流。總是前人無故生事。立言建詞。原為導後世的鬚

眉獨物。不想我生不幸。亦且瓊閨綉閣中亦染此風。真有負天
地鍾靈毓秀之德。因此才嫌村俗古人除四書。將别的書焚了。
衆人見他如此瘋顛。也都不向他説這些正經話了。獨有林黛
玉自幼不曾勸他去立身揚名等語。所以深敬黛玉。閒言少述。
且説王鳳姐自見金釧死後。忽見幾家僕人。常来孝敬他些東
西。又不時的来請安奉承。自己倒生了疑。不知何意。這日又見
人来孝敬他東西。因晚間無人時。笑問平兒道。這家人不大管
我的事。為什麽叫我貼近了。平兒冷笑道。奶、連這幾個都想
二

不起来了。我猜他們的女兒。都必是太〻房裡的丫頭。如今太〻房裡有四箇大的。一箇月一两銀子的分例。下剩的都是一個月只幾百錢。如今金釧兒死了。必定他們要弄這一两銀子的巧宗兒呢。鳳姐兒聽了笑道。是了、。倒是你提醒了我。看這起人也太不識好了。錢也賺勾了。苦事情又侵不著。弄一個丫頭搪塞著身子。也就罷了。又還想這箇也罷了。他們的錢容易也不能花到我跟前。這是他們自尋的。送什麼來我汲什麼。橫豎我有主意。鳳姐兒安下這箇心。所以只管遷延著。等那些〻人把東西送足了。然後乘空方回王夫人。這日午間薛姨媽母女兩個與林黛玉等正在王夫人房裡。大家吃西瓜。鳳姊兒得便回王夫人道。自從玉釧兒的姐姐死了。太太跟前少著一個人。太太或看准了那個丫頭好。就吩咐了。下月好放月錢的。王夫人聽了。想了想道。依我說什麼是例。必定四個五個的。彀使就罷了。竟可以免了罷。鳳姐笑道。論理太太說的也是。只是這原是舊例。別人屋裡還有兩個呢。太太倒不按例了。況且省下一兩銀子也有限。王夫人聽了。又想了一想道。也罷了。這個分例只管關

三

了来。不用補人。就把這一两銀子給他妹、玉釧兒罷。他姐、
伏侍了我一場。沒箇好結果。剩他妹、跟着我吃箇雙分不為
過了。鳳姐答應着。回頭找玉釧兒笑道。大喜、。玉釧兒過来磕
了頭。王夫人又問道。正要問你。趙姨娘同周姨娘的月例多少。
鳳姐道。那是定例。每人二两。共是四两。另外四串錢。王夫人道
月、可都按數給他們。鳳姐見問的奇怪。忙道怎麽按数給。王
夫人道前兒我恍惚聽見有人報怨說短了一吊錢。是什麽原
故。鳳姐忙笑道。姨娘們的丫頭。月例原是人各一吊錢。從舊他

們外頭商議的。姨娘每位的丫頭分例減半。各人五百。每位兩箇丫頭。所（以）短了一吊錢。這報怨不着我。〻到樂的給呢。他們外頭又扣着。難道我添上不成。這箇事我不過是接手兒。怎麼來怎麼去。由不的我做主。我到說了兩三回。仍舊添上這兩分的為是。他們說只有這箇項數。叫我也難再說了。如今我手裡每月連日子都不錯給他們呢。先時在外頭關。那箇月不打饑荒。何曾順〻溜〻的一遭兒。王夫人聽說也就罷了。半日又問老太〻屋裡幾箇一兩的。鳳姐道八個。如今只有七箇。那一個是

四

襲人王夫人道這就是了你寶兄弟並沒有一兩的丫頭襲人還是老太〻屋裡的人鳳姐笑道襲人原是老太〻的人不過給了寶兄弟使他這一兩銀子還在老太〻的丫頭分例上領如今因為襲人是寶玉的人裁了一兩銀子斷乎使不得若說再添一箇人給老太〻這个還可以裁他的若不裁他的須得環兄弟屋裡也添上一箇纔公道均勻了就是晴雯麝月等七箇大丫頭每個月錢一吊佳蕙等八箇小丫頭每月人各錢五百還是老太〻說的別人如何惱得呢氣得呢薛姨媽笑道只

聽鳳丫頭的嘴到像倒了核桃車子的只聽他的賬也清楚理
也公道鳳姐笑道姑媽難道我說錯了不成薛姨媽笑道說的
何嘗錯只是你慢些說豈不省力鳳姐才要笑忙又忍住了聽
王夫人示下王夫人想了半日向鳳姐道明兒挑一箇好丫頭
送去老太〻使襲人的一分裁了把我每月的月例二十兩銀
子裡拿出二兩銀子一吊錢來給襲人已後凡事有趙姨娘周
姨娘的也有襲人只是襲人的這一分都從我得分例上勻出
來不必動官的就是了鳳姐一〻答應了笑推薛姨媽道姑媽

五

聽見了。我素日說的話如何。今兒果然應了我的話。薛姨媽道早就該如此。模樣兒自然不用說的。他的那一種行事大方。說話見人。和氣裡頭帶剛硬。要像這箇實在難得。王夫人含淚說道。你們那裡知道襲人那孩子的好處。比我的寶玉强十倍。寶玉果然有造化。能彀得他長、遠、的服侍一輩子。也就罷了。鳳姊道。既這樣。就開了臉。明放他在屋裡。豈不好。王夫人道那就不好了。一則都年輕。二則老爺又不許。三則那寶玉見襲人是個了頭。常、有放縱的事。到能聽他的勸。如今作了跟前人。

那襲人該勸的。也不敢十分勸了。如今且混着。再等二三年再
說。、畢半日。鳳姐見無話。便轉身出来。剛至廊簷下。只見有幾
箇執事的媳婦子正等他回事呢。見他出来。都咲道。奶、今兒
回什麽事。說了這半天。可要熱着了。鳳姐把袖子挽了幾挽。跨
這角門的門檻子笑道。這裡過門風到涼快。吹一吹再走。又告
訴衆人道。你們說我回了這半日的話。太、把二百年的事。都
想起来問我。難道我不說罷。又冷笑道。我從今後。到要幹幾樣
剋毒事了。報怨給太、聽。我也不怕。糊塗油蒙了心。爛了舌頭。

六

不得好死的下作東西們○別作娘的春夢○明兒一裹腦子扣的日子還有呢○如今栽了丫頭的錢○就抱怨了咱們○也不想一想咱們是奴才○也配使兩三個丫頭○一面罵一面方走了○自己挑人回賈母話去○不在話下○却說王夫人等這裡吃畢西瓜○又說了一回閑話○各自方散去○寶釵與黛玉等回至園中○寶釵因約黛玉往藕香榭去○黛玉因說立刻要洗澡○便各自散了○寶釵獨自行來○順路進了怡紅院○意尋寶玉去談論○以解午倦○不想一入院中○鴉雀無聞○一并連兩隻仙鶴在芭蕉下都睡着了○寶釵

便順着游廊来至房中只見外間床上横三竪四都是丫頭們
睡覺轉過十錦槅子来至寶玉房中寶玉在床上睡着了襲人
坐在身傍手裡做針線傍邊放着一柄白犀麈寶叙走近前来
悄丶的咲道你也過于小心了這个屋裡那裡還有蒼蠅蚊子
還拿蠅帚子趕什麽襲人不覺猛抬頭見是寶叙忙放下針線
起身悄丶笑道姑娘来了我到不防唬了一跳姑娘不知道雖
然没有蒼蝇蚊子誰知有一種小虫子從這紗眼裡鑽進来人
也看不見只睡着了咬一口 就像螞蟻的寶叙道怨不得這屋

七

子後頭又近水。都是香花兒。這屋子裡頭又香。這種蟲子都是
花心裡長的。聞香就撲。說著一面又瞧他手裡的鍼線。原来是
一箇白綾紅裡的兜肚。上面扎着夗央戲蓮的花樣。紅蓮綠葉。
五色鴛鴦。寶釵道。噯呀。好鮮亮活計。是誰的。也值的費這麽大
工夫。襲人向床上努嘴兒。寶釵笑道。這麽大了。還帶這箇。襲人
笑道。他原是不帶。所以特、的做的好了。叫他看見。由不的不
帶。如今天熱。睡覺都不留神。哄他帶上了。便是夜裡縱蓋不嚴
些兒。也就罷了。你說這一箇就用了工夫。還沒看見他身上現

帶的那一箇呢。寶釵笑道也虧你奈煩。襲人道今兒做的工夫大了。脖子低的怪酸的。又笑道好姑娘略坐一坐。我出去走、就來。說着便走了。寶釵只顧看着活計。便不留心一蹲身剛、的也坐在襲人方纔坐的那個所在。因又見那活計寔在可愛。不由拿起針來替他代刺。不想林黛玉因遇見史湘雲約他來與襲人道喜。二人來至院中。見靜悄、的。湘雲便轉身先到廂房裡去找襲人。林黛玉却來至窗外。隔着紗窗往裡一看。只見寶玉穿着銀紅紗衫子。隨便睡着在床上。寶釵坐在身傍作針

八

線傍邊放着蝇帚子林黛玉見了這箇景兒忙把身子一藏手
握着嘴不敢笑出來招手兒叫湘雲〻〻一見他這般景況只當
有什麽新聞忙也來一看也要咲時忽然想起寶釵數〔素〕日待他
厚道便忙掩住口知道林黛玉口裡不讓人怕他取咲便忙拉
過來道走罷我想起襲人來他説午間要到池子裡去洗衣裳
想必去了咱們那裡找他去林黛玉心下明白冷笑了兩聲只
得隨他走了這裡寶釵只剛做了兩三個花瓣忽見寶玉在夢
中喊罵説和尚道士的話如何信得什麽是金玉姻緣我便説

是木石姻緣。薛寶釵聽了這話。不覺發怔了。忽見襲人走進来
咲道。還没有醒呢。寶釵摇頭。襲人又笑道。我才磞見林姑娘史
大姑娘。他們可又進来。寶釵道。没見他們進来。因向襲人咲道。
他們没告訴你什麽話。襲人咲道。左不過是他們那些頑話。有
什麽正經説的。寶釵笑道。今皃他們説的。可不是頑話。我正要
告訴你呢。你又忙、的出去了。一句話未完。只見鳳姐皃打發
人来叫襲人。寶釵笑道。就是為那話了。襲人只得喚起兩个丫
頭来。一同寶釵出怡紅院。自往鳳姐這裡来。果然是告訴他這

話。又叫他與王夫人叩頭。且不必去見賈母。到把襲人不好意思的。見過王夫人。急忙回来。寳玉已醒了。問起原故。襲人且含糊答應。至晚間人靜。襲人方告訴了寳玉。〻〻喜不自禁。又向他咲道。我可看你回家去不去了。那一回往家裡走了一淌。回来就說你哥〻要贖你。又說在這裡沒著落。終久算什麼。說了那些無情無義生分話。唬我。從今以後。我可看誰来敢叫你去。襲人聽了。便冷笑道。你到別這麼說。從此以後。我是太〻的人了。我要走。連你也不必告訴。只回了太〻就走。寳玉咲道。就便算

我不好。你回了太〻竟去了。教別人聽見說我不好你去了。你
去了也沒意思。襲人笑道有什麼沒意思。難道你作了强盜賊。
我也跟着罷。再不然還有一個死呢。人活一百歲。橫竪要死這
一口氣不在。聽不見看不見就罷了。寶玉聽見這話。便忙握他
的嘴說道。罷〻罷。不用說這些話了。襲人深知寶玉性情古怪。
聽見奉承吉利話。又猒虛而不寔。聽見這些盡情實話。又生悲
感。便悔自己說話冐撞了。連忙笑著用話截開。只揀那寶玉素
喜談者問之。先問他春風秋月。再談及粉淡粉脂濃。然後談到

十

女兒何如好。覺又讓到女兒死。襲人忙掩住口。寶玉談至濃快時。見他不說了。便笑道人誰不死。只要死的好。那些箇鬚眉濁物。只知道文死諫。武死戰。這二死是大丈夫死名死節。究竟何如不死的好。必定君昏。他方諫。他只顧邀名。猛拚一死。將來棄君于何地。必定有刀兵。他方力戰。猛拚一死。他只顧圖汗馬之名。將來棄國於何地。所以這皆非正死。襲人道忠臣良將。皆出於不得已。他才死。寶玉道那武將不過仗血氣之勇。疎謀少略。他自己無能。送了性命。這難道也是不得已。那文官更不比武

官了。他念幾句書。安在心裡。朝廷少有疵瑕。他就胡彈亂勸。只
顧他邀忠烈之名。濁氣一湧。即時拚死。這倒也是不得已。還要
知道那朝廷是受命于天。他不聖不仁。那天也斷、不把這幾
萬種任于他了。可知那些的都是沽名。並不知大義。比如我此
時若果有造化。該死了時的。如今趁你們在。我就死了。再能彀
你們哭我的眼淚流成大河。把我的尸首漂起來。送到那鴉雀
不到的幽僻之處。隨風化了。自此再不要托生為人。就是我死
的得時了。襲人忽見說出這些瘋話來。忙說困了。不理他。那寶

十

玉方合眼睡著。至次日也就丟開了。一日寶玉因各處游的煩
膩。便想起牡丹亭曲來。自己看了兩遍。猶不愜懷。因聞的梨香
院的十二個女子中。有小旦齡官。都在院中。見寶玉來了。都咲
讓坐。寶玉因問齡官那里。衆人都告訴他說在房裡呢。寶玉忙
至他房内。只見齡官獨自倒在枕上。見他進来聞風不動。寶玉
身傍坐下。又素習與别的女孩頑慣了。只當齡官也同别人一
樣。因進前来倍笑。央他起来唱裊晴絲一套。不想齡官見他坐
下。忙抬身起来躲避。正色說道。嗓子啞了。前兒娘〻傳進去我

還没有唱呢。寶玉見他坐正了。再細一看。原来那日薔薇花下
劃薔字的那一個。又見如此景况。從来未經過這番被人猒棄。
自己便訕、的紅了臉。只得出来了。寶官等不解何故。因問其
所以、。寶玉便出来了。寶官便説道。只略等一等。薔二爺来了。叫
他唱是必唱的。寶玉聽了心下納悶。因問薔哥兒那去了。寶官
道纔、出去了。一定還是齡官要什麽。他去變弄去了。寶玉聽了
以、為奇特。少站片時。果見賈薔從外頭來了。手裡提着雀兒籠
子。上面紮着小戲臺。並一箇雀兒。興、頭、往裡走找齡官。見

圭

了寶玉。只得站住。寶玉問他是箇什麽雀兒。會啣旂串戲麽。賈薔咲道是箇玉頂金頭。寶玉道多少錢買的。賈薔道一两八錢銀子。一面説一面讓寶玉坐。自己往齡官房裡來。寶玉此刻把聽曲子的心都没了。且要看他和齡官是怎樣。只見賈薔進去咲道。你起来瞧這箇頑意兒。齡官起問是什麽。賈薔道買了雀兒你頑。省得天〻悶〻的無个開心。我先頑了你看。説着便拿些穀子哄的那个雀兒果然在戲臺上亂串鬼臉旂幟。衆女孩子都笑道有趣。獨齡官冷笑了两聲。賭氣仍睡著去了。賈薔還

只管陪笑問他好不好。齡官道你們家把好、的人弄了来。關
在這牢坑裡。還不筭。你這會子又弄个雀兒来。也偏生幹這箇。
你分明是弄了他来打趣形容我們。還要問我好不好。賈薔聽、。
不覺慌起来。連忙賭身立誓。又道今兒那裡的脂油蒙了心。
費一二兩銀子買了来。原說解悶。就沒有想到這上頭。罷、放
了生。免、你災病。說著果然將那雀兒放了。一頓把將籠子拆
了。齡官還說雀兒雖不如人。他也有箇老雀兒在窩裡。你拿了
他来弄這牢什子。也忍得。今、兒我咳嗽出兩口血来。太、打發

人来我你。叫你請大夫来細問〻。你且弄這個来取咲。偏生我這没人曾没人理的又偏病。說著又哭起来。賈薔忙道昨兒晚上我問大夫。他說不相干。他說吃兩劑藥。後兒再瞧。誰知今兒又吐。這會子請他去。說着便請去。齡官又叫站住。這會子大毒日頭地下。你賭氣子去請了来。我也不瞧。賈薔聽叫如此說。只得站住。寳玉見了這般光景。不覺痴了。這才領會了劃薔深意。自己站不住。便抽身走了。賈薔一心在齡官身子。也不顧送。到是別的兒女孩子送出来。那寳玉一心裁奪盤筭。痴〻的回至怡紅院中。正值林黛玉和襲人說話兒呢。寶玉一進來。就和襲人長嘆道。我昨晚上的話竟說錯了。怪道老爺說我是管窺蠡測。昨夜說你們的眼淚単葬我。這就錯了。我竟不能全得了。從此後只是各人葬各人的眼淚罷了。襲人暗想道。昨夜不過是些頑話。已經忘了。不想寶玉今又提起来。便笑道。你可真〻有些瘋了。寶玉默〻不對。自此深悟人生情緣。各有定分。只是每〻暗傷。不知將来葬我洒泪者為誰。此皆寶玉心中所懷者。也不可十分忘記。且說林黛玉當下見了寶玉如此形像。便知是又

十四

從那裡著了魔来。也不便多問。因向他說道。我總在舅母跟前。明兒是薛姑媽的生日。叫我順路来問你出去不出去。你打發人前頭說一聲去。寶玉道上回大老爺生日。我也沒去。這會子我又去。倘或碰見了人呢。我一槩不去。這麼怪熱的。又穿衣裳。我不去姨媽也未必惱。襲人忙道這是什麼話。他比不得大老爺。這裡又住的近。又是親戚。你不去豈不叫他思量。你怕熱只清早去。到那裡磕個頭。吃鍾茶再来。豈不好看。寶玉未說話。林黛玉便先咲道。你看着人家趕蚊子的分上。也該去走走。寶玉不解。忙問怎麽趕蚊子。襲人便將昨日睡覺。無人作伴。寶姑娘坐了坐的話說了出來。寶玉聽了。忙說不該。我怎麽睡着了。就褻瀆了他。一面又說明日必去。正說着見史湘雲穿的齊齊整整走來辭說家裡打發人來接他。寶玉林黛玉聽說。忙站起讓坐。史湘雲也不坐。寶林二人只得送他至前面。那史湘雲只是眼泪汪汪的。見有他家人在跟前。又不敢十分委曲。少時薛寶釵趕來。愈覺繾綣難捨。還是寶釵心內明白。他家人若回去告訴了他嬸娘。待他家去。又恐受氣。因此到催他走了。眾人送至二門

前○寶玉還要往外送○到是湘雲攔住了○一時回身又叫寶玉到
跟前○悄々的囑道○便是老太々想不起我来○你是常提着打發
人接我去○寶玉連忙答應了○眼看著他上車去了○上了大道○方
才進来○要知端的○且聽下回分解○

紅樓夢第三十七回

秋爽齋偶結海棠社　蘅蕪院夜擬菊花題

却說賈政出差去後。外邊諸事不能多記。单表寶玉每日在園中任意縱性的橫蕩。真把光陰虛度。歲月空添。這日正無聊之際。只見翠墨進來。手裡拿着一付花箋送與他。寶玉因道可是我忘了。纔說瞧瞧三妹妹去的。可好些了。偏你走來。翠墨道姑娘好了。今兒也不吃藥了。不過是涼着了一點兒。寶玉聽說。便展開花箋看時。上面寫道。

娣探春謹奉

二兄文几前。新霽月色如洗。因惜情景難逢。詎忍就卧。時漏已三轉。猶徘徊于桐檻之下。未防風露所欺。獲採薪之患。昨蒙親勞囑撫。復又數遣侍兒問切。兼以鮮荔並真卿墨迹見賜。何痌瘝惠愛之深耶。今因伏几憑床。處默之時。忽思及歷來古人中。處名攻利敵之場。猶置一拳山盆池之樂。遠招近揖。投轄攀轅。務結二三同志者盤桓於其中。或竪詞壇。或開吟社。雖一時之偶興。遂成千古之佳談。娣雖不才。竊同叨

棲處于泉石之間。而兼慕薛林之技。風庭月榭。惜未讌集詩
人。帘杏溪桃。或可醉飛吟盞。孰謂蓮社之雄才。獨許鬚眉。直
以東山之雅會。讓予脂粉。若蒙棹雪而來。娣自掃花而待。此

謹奉

寶玉看了。不覺喜的拍手笑道。到是三妹、高雅。我如今就去
商議。一面說一面就走。翠墨跟在後面。剛到了沁芳亭。只見中
後門上值日的婆子。拿着一箇字帖走來。見了寶玉便迎上去。
口內說道。芸哥兒請安。在後門等着。叫我送來的。寶玉打開看

二

時寫道是○

不肖男芸恭請

父親大人萬福金安○男思自蒙天恩○認于膝下○日夜思一孝順之處○前因買辦花草○上托大人金福○竟認得許多花兒匠○並認得許多名園○前日忽見有白海棠一種○不可多得○故變盡方法○只弄得兩盆○大人若視男是親男一般○便留下賞玩○因天氣暑熱○恐園中姑娘不便○故不敢見○面奉書恭啓○男芸跪書○一咲○

寶玉看了笑問道。獨他来了。還有什麼人。婆子道。還有兩盆花兒。寶玉道。你出去說我知道了。難為他想着。你便把花兒送到我屋裡去就是了。一面說一面同翠墨往秋爽齋来。只見寶釵黛玉迎春惜春已都在那裡了。衆人見他進来。都笑說又来了一箇。探春笑道我不算俗。偶然起了个念頭寫了幾箇帖兒試一試。誰知一招皆到。寶玉笑道可惜遲了。早該起箇社的。黛玉說道你們只管起社。可別算我。、是不敢的。迎春咲道你不敢。誰還敢呢。寶玉道這是一件正經大事。大家鼓舞起来。不要你

三

謙我讓的各有主意只管說出來大家平章寶姐、也出个主
意林妹、也說箇話兒寶釵道你忙什麼人還不全呢一語未
了李紈也來了進門笑道雅得緊要起詩社我自薦我掌壇前
兒春天我原有這箇意思的我想了一想我又不會做詩瞎亂
些什麼因而也忘了就沒說的既是三妹、高興我就帮你作
興起來黛玉道既然定要起詩社咱們都是詩翁了先把這些
姐妹叔嫂的字樣改了才不俗李紈道極是何不大家起箇别
號彼此稱呼倒雅我是定了稻香老農再無人占的探春道我

就是秋爽居士罷。寶玉道居士主人到底不確。且又累墜。這裡
梧桐蕉芭儘有。或指梧桐起箇倒好。探春道有了。我最喜芭蕉。
就稱蕉下客罷。衆人都道別致有趣。黛玉笑道。你們快子牽了
他去炖了脯子來吃酒。衆人不解。黛玉笑道古人曾云蕉葉覆
鹿。他自稱蕉下客。可不是一隻鹿了。快作了鹿脯來。衆人聽了。都
笑起來。探春回笑道。你別忙。使巧話來駡（罵）人。我已替你想了箇
極美的號。又向衆人道。當日娥皇女英洒泪在竹上成斑。故今
斑竹又名湘妃竹。如今他住的是瀟湘館。他又愛哭。將起來他

四

想林姐夫。那些竹子也是要變成斑竹的。以後都叫他作瀟湘妃子就完了。大家聽說。都拍手叫妙。林黛玉方低了頭不言語。李紈笑道。我替薛大妹、也早已想了箇好的。也只三箇字。惜春迎春都忙問道是什麼。李紈道。我是封他為蘅蕪君了。不知你們如何。探春道。這箇封號極好。寶玉道。我呢。你們也替我想一個。寶釵笑道。你的號早有了。無事忙三字恰當的狠。李紈道你還是你的舊號絳洞花王就好。寶玉笑道。小時候幹的營生。還提他作什麼。探春道。你的號多的狠。又起什麼。我們愛叫你什麽。就〔你〕是荅應着就是了。寶釵道還得我送你箇號羅。有趣〔極〕俗的一個號。却于你最當。天下難的是富貴。又難得的是閒散。這兩樣再不能兼有。不想你兼有了。就叫你富貴閒人罷了。寶玉笑道當不起了。還是隨你們叫去。也倒很好。李紈道二姑娘四姑娘起箇什麽。迎春道我們又不會做詩。白起箇號作什麽。探春道雖如此。也起個纔是。寶釵道他住的是紫菱洲。就叫他菱洲。四丫頭在藕香榭。就叫他藕榭。就完了。李紈道就是這樣好。但序齒我大。你們都依我的主意。管〔保〕情大家合意。我們七箇人

起社○我和二姑娘四姑娘都不會作詩○須讓出我們三個人去○
我們三個各分一件事○探春道已有了號○還這樣稱呼○不如不
有了○已後錯了○也要立个罰約才好○李紈道立定了社○再定罰
約○我那裏地方大○竟在我那裡作社○我雖不能作詩○這些詩人
竟不厭俗客○我作箇東道主人○我自然也清雅起來了○于是要
推我作社長○我一箇社長自然不彀○必再請兩箇副社掌○就請
菱洲藕榭二位完來○一位出位（題）出限韵○（一位）謄錄監場○亦不可拘定
了我們三箇不作○若遇見容易些的題目韻脚○我們也隨便作

一首。你們四箇都是要限定的。若如(此)便請。若不限(依)我、也不敢
附驥了。迎春惜春本性懶于詩詞。又有薛林在前。聽了這話。便
深合己意。二人皆說是。極好。探春等也知此意。見他二人悅服。
也不好強。只得依了。因笑道。這也罷了。只是自想好咲。好、的
我起了箇主意。反叫你們来管起我来了。寶玉道。既這樣。咱們
就往稻香家去。李紈道。都是你忙。今日不過商議了。等我再請。
寶釵道。也要議定幾日一會纔好。探春道。若只管會得多。又沒
趣了。一月之中。只好兩三次才好。寶釵點頭道。一月只要兩次

就彀了。擬定日期。風雨無阻。除這兩日外。倘有高興的。他情願
加一社的。或請到他那裡去。或附近就了來。亦可使得。豈不活
潑有趣。衆人都道這个主意更好。探春道只是原係我先起的
意。我須得先作箇東道主人。方不負我這興。李紈道既這樣說。
明日你就先開一社如何。探道春明日不如今日。就是此刻好。
你就出題。菱洲限韻。藕榭監場。迎春道依我說。也不必隨一人
出題限韻。竟是拈鬮公道。李紈道方才我來時。看見他們抬進
兩盆白海棠來。到是好花。你們何不就吟起他來。迎春道都還

未賞到先作詩。寶釵道不過是白海棠。又何必定要見了才作。古人的詩賦。也不過都是寄興寓情耳。若再都等見了作。如今也沒有這些了。迎春道既如此。待我限韻。說着走到書架前抽出一本詩來。隨手一揭。這首詩竟是一首七言律。遞與衆人看了。都說作七言律。迎春掩了詩。又向一箇小了頭道。你隨口說一箇字來。那了頭正倚門立着。便說了門字。迎春笑道就是門字韵。十三元了。頭一个韻定要這門字。說着又要了韻牌匣子過来。抽出十三元一屜。又命那丫頭隨手拿四塊。那了頭便拿

七

了盆魂痕昏四塊來。寶玉道盆門這兩字不大好作呢。一樣豫
備下四分紙筆。便都悄然如是思索起來。獨黛玉或撫弄梧桐。
或看秋色。或又合了頭們嘲笑。迎春又命了頭炷了一枝夢甜
香。原來這夢甜香只有三寸來長。有燈草粗細。以其易燼。故以
此燼為限。如香燼未成。便要受罰。一時探春便先有了。自提筆
寫出。又改抹一回。遞與迎春。因問寶釵蘅蕪君你可有了。寶釵
道却有了。只是不好。寶玉背着手。廻廊下踱來踱去。因向黛玉
說道你聽。他們都有了。黛玉道你別管我。寶玉又見寶釵已謄

寫出來。因說道了不得。香只剩了一寸。我才有了四句。又向黛
玉道香快完了。只管蹲在潮地下作什麽。代玉也不理。寶玉道
我可顧不得你了。好歹也寫出來罷。說着也走在案前寫了。李
紈道我們要看詩了。若看完了還不交卷。是必罰了。寶玉道稻
香老農雖不善作。卻善看。又最公道。你評閱優劣。我們都服的。
衆人都道自然。於是先看探春的稿上寫道是。
斜陽寒草帶重門。苔翠盈鋪雨後盆。玉是精神難比潔。雪為
肌骨易消魂。芳心一點交（嬌）無力。清影三更月有痕。莫謂縞仙
八

能羽化。多情伴我詠黃昏。

大家看了稱賞一回。又看寶釵的道。

珍重芳姿晝掩門。自攜手甕灌苔盆。胭脂洗出秋堦影。冰雪招來露砌魂。淡極始知花更艷。愁多焉得玉無痕。欲償青白帝憑清潔。不語亭、日又昏。

李紈笑道到底是蘅蕪君。說着又看寶玉的道是。

秋容淡淺映重門。七節攢成雪滿盆。出浴太真冰作影。捧心西子玉為魂。曉風不散愁千點。宿雨還添泪一痕。獨倚畫闌

如有意清砧怨笛送黄昏

大家看了寶玉說探春的好李紈終要推寶釵這詩有身分因

又催黛玉、、道你們都有了說着提筆一揮而就擲與衆人李

紈等看他寫道是

半掩湘簾半掩門碾冰為玉、為盆

看了這句寶玉唱起采來只說從何處想來又看下面道是

偷来梨蕊三分白借得梅花一縷魂

衆人看了都不禁叫好說果然比別人又是一様心腸又看下

九

面道是。

月窟仙人縫縞袂。秋閨怨女拭啼痕。嬌羞默默同誰訴。倦已

倚西風夜已昏。

衆人看了。都道是這首爲上。李紈道若論風流別致。自是這首

爲上。若論含蓄渾厚。終讓蘅蕪。探春道這評的有理。瀟湘妃子當

居第二。李紈道怡紅公子壓尾。你服不服。寶玉道我的那首原

不好了。這評的最公。又笑道只是蘅瀟二首還有斟酌。李紈道

原是依我評論。不與你們相干。再有多說者必罰。寶玉聽說。只

得罷了。李紈道從此我定于初二十六這兩日開社。出題限韻。都要依我。這其間你們有高興的。只管另擇日子補開。那怕一箇月每天都開社。我只不管。只是到了初二十六這兩日。是必往我那裡去。寶玉道到底要起箇社名才是。探春道俗了又不好。忒新了刁鑽古怪也不好。可巧才是海棠詩開端。就叫箇海棠社罷。雖然俗些。因真有此事。也就不礙了。說畢大家商議了一回。略用些酒菓。方各自散去。也有回家的。也有往賈母王夫人處去的。當下別人無話。且說襲人因見寶玉看了字帖兒。便慌〃張〃同翠墨去了。也不知何事。後来又見後門上婆子送了兩盆海棠花来。襲人問是那裡来的。婆子們將寶玉前一番緣故說了。襲人聽說。便命他們擺好。讓他們在下房裡坐了。自己走到自己房裡秤了六錢銀子封好。又拿了三百錢。走来都遞與婆子道。這銀賞那擡花小子們。這錢你們打酒吃罷。那婆子們站起来。眉開眼笑。千恩萬謝的不肯受。見襲人執意不收。方領了。襲人又道。後門上外頭可有該班的小厮們。婆子忙應道天〃有四箇原豫備裡面差使的。姑娘有什麽差使。我們吩

咐去襲人笑道我有什麽差使今兒二爺要打發人到小侯爺
家與史大姑娘家送東西去可巧你們来了順便去叫後門上
小厮們雇輛車来回來你們就往這裡拿錢不用叫他又往前
頭去混碰婆子答應着去了襲人回至房中拏碟子盛東西
與史湘雲送去却見碟子上槽空着因回首頭見晴雯秋紋麝
月等都在一處做針黹襲人問這一箇纏素的瑪瑙碟子那去
了衆人見問都你看我〻看你都想不起來半日晴雯笑道給
三姑娘送荔枝去的還沒送來呢襲人道家常送東西的傢伙

都巴、的拏這箇去。睛雯道。我何常不也這樣說。他說這箇碟
子配上解荔子才好看。我送去三姑娘也見了說連碟子放着。
就没帯来。你再瞧瞧耶槅子儘上頭的一對聯珠瓶。還没收来呢。
秋紋笑道。提起這瓶来。又想起笑話。我們寶二爺說聲孝心動。
也孝敬到十二分。因耶日見園裡桂花。折了兩枝。原是自己要
插瓶的。忽然想起来說這是自己園裡的才開的新鮮花。不敢
自己先頑。巴、的把一對瓶拏下来。親自灌水插好了。叫箇人
拏着。親身進（送）一瓶進老太、。進一瓶與太、。誰知他孝心一動。

連跟的都得了福了。可巧那日是我拿去的。老太〻見了這樣。
喜的無可無不可。見人就說到底是寶玉孝順。連一枝花兒也
想的到。別人還只報怨我疼他。你知道老太〻素日不大同我
說話的。有些不入他老人家的眼的。那日竟叫人拿幾百錢給
我。說我可憐見的。生的单弱。這可是再想不到的福氣。幾百錢
事小。難得這箇臉面。及至到太〻那裡。太〻正合二奶〻趙姨
奶〻周姨奶〻好些人翻箱子。找太〻當日年輕的顏色衣服。
不知要給那一箇。一見了。連衣服也不找了。且看花兒。又有二

十三

奶丶在旁邊湊趣兒誇寶玉又是怎樣敬孝又是怎樣知好歹
有的沒的說了兩車話當着衆人太丶自為又增了光堵了衆
人的嘴太丶越發喜歡了現成的衣裳就給了我兩件衣裳也
是小事年丶橫竪也得却不像這箇彩頭晴雯咲道呸沒見食
面的小蹄子那是把好的[的]給了人挑剩下的才給你丶還充有臉
呢秋紋道憑他給誰剩的倒底是太丶的恩典晴雯道要是我
我就不要若不是給別人剩的給我也罷了一樣這屋裡的人
難道誰又比誰高貴些把好的給他剩的才給我我能可不要

冲撞了太、我也不受這口軟氣秋紋忙問給這屋裡誰的我
因前兒病了幾天家去了不知是給誰的好姐、你告訴我知
道知道晴雯道我告訴了你難道你這會退還太、去不成秋
紋笑道胡說我白聽了歡喜、那怕給這屋裡的狗剩下的我
只領太、的恩典也不犯管別人的事衆人聽了都笑道罵的
巧可不是給了那西洋花點子哈吧兒了襲人笑道你們這起
爛嘴的得了空就拿我取笑打牙兒一箇、不知怎麼死呢秋
紋笑道原来姐、得了我寔在不知道我陪箇不是罷襲人笑

道少輕狂罷。你們誰取了碟子來是正經。麝月道那瓶也該得
空收來了。老太丶屋裡還罷了。太丶屋裡人多。手雜。別人還
可以。趙姨奶丶一夥的人。見這屋裡的東西。又該使黑心弄壞
了纔罷。了太丶也不管這些。不如早些收來正經。晴雯聽說。便
擲下鍼黹道。這話倒是。等我取去。秋雯道。還是我取去罷。你取
碟子去。晴雯笑道。我偏去取一遭兒去。是巧宗兒你們都得了。
難道不許我得一遭兒。麝月笑道。通共秋丫頭得了一遭衣裳。
那裡今兒又巧。你也遇見找衣裳不成。晴雯咲道。雖然碰不見

衣裳。或者太〻看見我勤謹。一箇月也把太〻的公費裡分出
二兩来給我定不得。說着又笑道。你們别和我粧神弄鬼的。什
麽事我不知道。一面說一面往外跑了。秋紋也同他出来。自去
探春那裡取了碟来。襲人打點齊俻東西。叫過本處的一箇宋
媽〻来。向他說道你好生梳洗了。換了出門的衣裳。如今打發
你與史大姑娘送東西去。那宋媽〻道姑娘只管交給我。有話
說與我。〻收拾了就好一順去了。襲人聽說。便端過兩箇小欀
素盒子。先揭開一箇。這裡面裝的是紅綾菱合鷄頭兩樣鮮菓。又

揭開那一箇。是一碟子桂花糖蒸新栗粉糕。又說道這都是
今年咱們這裡園裡新結的菓子。寶二爺送来與姑娘嘗〻。再
前日姑娘說這瑪瑙盤子好。姑娘就留下頑罷。這絹包兒裡頭。
是姑娘上日叫我作的活計。姑娘別嫌粗糙。能着用罷。替我們
請安。替寶二爺問好就是了。宋媽、道寶二爺不知還有甚說
的。姑娘再問、去。回来又別說忘了。襲人因問秋紋。方才可見
在三姑娘那裡。秋紋笑道。他們都在那裡商議起什麽詩社呢。
又都作詩。想来沒話。你只去罷。宋媽、聽了。便拿了東西出去。

另外穿了衣裳襲人又囑咐他從後門出去有小子〔厮〕合車等着呢宋媽、去後不在話下一時寶玉回来先忙着看了一回海棠至屋内告訴襲人起詩社的事襲人也把打發宋媽、與史湘雲送東西去的話告訴了寶玉寶玉聽了拍手道偏忘了他我自覺心裡有件事只是想不起来正要請他去這詩社裡若少了他還有什麽意思襲人勸道什麽要緊不過頑意兒他比不得你們自在家裡又作不得主兒告訴他、要来又由不得他不来他又牽腸掛肚的沒得叫他不受用寶玉道不妨事我回老

太〻打發人去接他來正說着宋媽〻一經回来回復道生受
與襲人道乏又說問二爺作什麽呢我說和姑娘們起仍什麽
詩社作詩呢史姑娘說他們作詩也不告訴他急的了不得寶
玉聽了立刻便往賈母處來立逼着叫人接去賈母因說今兒
天晚了明兒一早再去寶玉只得罷了回来悶〻的次日一早
便又往賈母處来催逼人接去直到午後史湘雲才来了一見
面時就把始末原由告訴他又要與他看李紈等因說道且別
給他看先說與韻他後来的先罰他和了詩若好便請入社若

不好還要罸他一箇東道再説湘雲笑道你們忘了請我〻還要罸你們呢就拿韵来我雖不能只得勉强出醜容我入社掃地焚香我也尋願衆人見他這般有趣越𤼵喜歡都埋怨昨日怎麼忘了他遂忙告訴他韵史湘雲一心興頭等不得推敲刪改一面只管合人説着話心内早已和成即用隨便的紙筆録出先笑道我却依韵和了兩首好歹我却不知不過應命而已説着遞與衆人〻〻道我們四首也算想絶了再一首也不能了你到弄了兩首那裡有許多話説必要重了我們一面説一面

廿六

看時只見那兩詩寫道

神仙昨日降都門種得藍田玉一盆自是霜娥偏爱冷非關倩女亦離魂秋陰捧出何方雪雨漬添来隔宿痕却喜詩人吟不盡倦不令寂寞度昏（朝）

蘅芷階通蘿薜門也宜墻角也宜盆花因喜潔難尋偶人為悲秋易斷魂玉燭滴乾風裡泪晶簾隔破月中痕幽情欲向嫦娥訴無奈虛廊夜色昏

衆人看一句驚訝一句看到了讚到了都說這箇不枉作了海棠詩真該要起海棠社了史湘雲道明日先罰我個東道就讓

我先邀一社可使得。衆人道這更妙了。因又將昨日的與他評
論一回。至晚寶釵將湘雲邀往蘅蕪苑去安歇。湘雲燈下計議
如何設東擬題。寶釵聽他說了半日。皆不妥當。因向他說道既
開社。便要作東。雖然是頑意兒。也要瞻前顧後。又要自己便宜。
又要不得罪人。然後方大家有趣。你家裡你又作不得主。一箇
月通共拿幾吊錢。你還不彀盤纏呢。這會子又幹這沒要緊的
事。你嬸〻聽見了。越發報怨你了。況且你就都拿出來做這東。
也不彀。難道為這箇家去要不成。還是和這裡要呢。一夕話題

十七

醒了湘雲到躊躇不起来寶釵道這箇我已經有ケ主意我們當舖裡有一箇夥計他家田上出的好肥螃蟹前兒送了幾箇簍来現在這裡的人從老太、起連上園裡的人有多一半都是愛吃螃蟹的前日姨娘還要請老太、在園裡賞桂花吃螃蟹因為有事還沒有請呢你如今且把詩社別提起只普通一請等他們散了咱們有多少詩作不得的我合哥、說要他幾簍極肥極大的螃蟹来再往舖子里取上幾罈好酒来再備四五桌菓碟豈不又省事又大家熱鬧了湘雲聽了心中自是感服。極讃想的週到。寶釵又笑道。我是一片真心為你的話。你千萬别多心。想著我小看了你。咱們兩箇就白好了。你若不多心。我就好叫他們辦去了。湘雲忙笑道。好姐、你這樣說。到多心待我了。我憑他怎麼糊塗。連你好歹也不知道。還成箇人了。我若不把姐、當作親姐、一樣看。上面那些家常煩難事。不也肯盡情告訴你了。寶釵聽說。便喚一箇婆子來。出去和大爺說。依前日的大螃蠏要幾簍來。明日飯後請老太、姨娘賞桂花。你說大爺好歹别忘了。我今兒已請下人了。那婆子出去說明

十八

回来無話。這裡寶釵又向湘雲道。詩題也不可過于新巧了。你看古人詩中。那裡有那些刁鑽古怪的題目。和那險極韵呢。若題過於新巧。韻過于險。再不得有好詩。終是小家氣。詩固然怕說熟話。然更不可過于求生。只要頭一件立意清新。自然措詞就不俗了。究竟這也筭不得什麽。還是紡績針黹是你我的本等。一時閑了。倒是心身有益的書看幾章是正經。湘雲只答應着。因笑道。我如今心裡想着。昨日作了海棠詩。我如今要作箇菊花詩如何。寶釵道。菊花倒也和[合]景。只是前人太多了。湘雲道

我也是如此着想恐怕落套寶釵想了一想說道有了如今以菊花
為賓以人為主擬出幾箇題目來都要兩個字一箇虛字一箇
實字、、就用菊字虛字便用通用門的如此又是詠菊又是賦
事前人也沒作過也不能落套賦景咏物兩關着又新鮮又大
方湘雲笑道這却極好只是不知用何等虛字才好你先想一
個我聽、、寶釵想了一想咲道菊夢就好湘雲道果然好我這
邊有個菊影可使得寶釵道也罷了只是也有人作過若題目
多這個也算的上我又有一箇湘雲道快說出來寶釵道問菊

九

如何。湘雲拍案叫妙。因接說道我也有个訪菊如何。寳釵也讚有趣。因說道越性擬出十個來寫上再來。說着二人研墨蘸筆。湘雲便寫。寳釵便念。一時湊了十個。湘雲看了一遍。又笑道十箇還不成幅。越發湊成十二箇便全了。也如人家的字画册頁一樣。寳釵聽說又想了兩箇。一共湊成十二。又說道既這樣。越性編出他箇次序先後來。湘雲道如此更妙。竟弄成箇菊譜了。寳釵道起手道是憶菊。憶之不得故訪。第二是訪菊。訪之既得便種。第三是種菊。種既盛開。故相對而賞。第四是對菊。相對而興有餘故折來供瓶為玩第五是供菊既供而不吟亦覺着無彩色第六便是咏菊既為菊如是碌、入詞章不可以不供筆墨第七便是画菊既為菊如是碌、究竟不知菊有何妙處不禁有所問第八便是問菊、如解語使人狂喜不禁第九便是簪菊如此人事雖盡猶有菊之可咏者菊影菊梦二首續在第十第十一末卷便以殘菊總收全題之盛這便是三秋的妙景妙事都有了湘雲依言將題錄出又看了一回又問該用何韵寶釵道我生平最不喜限韻分明有好詩何苦為韵所縛咱們

二十

别學那小家流。只出題不拘韵。原為大家偶得了好句取樂。並不為奈那難人。湘雲道這話狠是。這樣大家的詩還進一層。但只咱們五箇人。這十二箇題目難道每人作十二首不成。寶釵道那也太難人了。將這題目謄好。都要七言律詩。明日貼在墻上。他們看了誰作那一個就作那一个。有力量者十二首都作。不能的一首不成也可。高才捷足者為尊。若十二首已全。便不許他後趕着又作。罰他就完了。湘雲道這倒也罷了。二人商議妥帖。方才息燈安寢。要知端的。且聽下回分解。

紅樓夢第三十八回

林瀟湘魁奪菊花詩　薛蘅蕪諷和螃蠏咏

話說寶釵湘雲二人計議已妥。一宿無話。湘雲次日便請賈母等。都說到是他有興頭。須要擾他這雅興。至午果然賈母帶了王夫人鳳姐。兼請薛姨媽等進園來。賈母因問那一處好。王夫人憑道老太〻愛在那一處。就在那一處。鳳姐道藕香榭已經擺下了。那山坡下兩棵桂花開的又好。河裡水又碧清。坐在當中亭子上。豈不敞亮。看着水眼也清亮。賈母聽了說這話狠是。說

一

著引了衆人往藕香榭来○原来這藕香榭盖在池中○四面有窓○左右曲廊可通○亦是跨水接岸○後面又有曲折竹橋暗接○鳳姐忙上来挽着賈母○口裡說老祖宗只管放大胆○不相干的○這竹子橋規矩是咯吱咯喳的○一時進入榭中○只見闌干外另放着兩張竹案○一箇上面設着杯筯酒具○一箇上頭設着茶筅茶杯○各色茶具○那邉有兩三箇了頭煽風爐煮茶○這一邉另外幾箇了頭也煽風爐盪酒呢○賈母喜得忙問這茶想的到○且是地方東西都干凈○湘雲笑道這是寳姐、幫著我預備的○賈母道我說這箇孩子細緻。凡事想的妥當。一面說。一面又看見柱上掛的黑漆嵌蚌的對子。命人念。湘雲念道。芙蓉影破歸蘭槳。菱藕香深度竹橋。賈母聽了。又抬頭看匾。因回頭向薛姨媽道。我先小時。家裡也有這麼一箇亭子。叫做什麼枕霞閣。我那時也只像他們姐妹們這麼大年紀。同姐妹們天、天頑去。那日誰知我失了脚掉下去。幾乎沒淹死。好容易救了上來。到底被那大釘子把頭碰破了。衆人都怕經了水。又怕冒了風。都說活不得了。誰知竟好了。鳳姐不等人先笑道。那時要活不得。如今這麼大福可

二

叫誰享呢。可知老祖宗從小兒福壽不小。神差鬼使碰出那箇
窩兒來。好盛福壽的。壽星老兒頭原是一箇窩兒。因為萬福萬
壽盛滿了。所以到凸高出些來了。未及說完。賈母與衆人都笑
軟了。賈母笑道。這猴子慣的了得了。只管把[拿]我取笑起來。恨的
我撕他那油嘴。鳳姐笑道。回來吃螃蟹。恐積了冷在心裡。討老
祖宗笑一笑開了心。一高興多吃兩箇就無妨了。賈母笑道明
兒叫你日夜跟着我。、到常咲、覺得開心。不許回去。家王夫
人笑道。老太、因為喜歡他。才慣的他這樣。況且他又不是那

不知高低的孩子家。沒人。娘兒們原該這樣。橫豎禮體不錯就罷。沒的叫他從神鬼似的做什麼。說着一齊進入亭子。献過茶。鳳姐忙着搭桌子。要盃筯。上面一桌。賈母薛姨媽寶釵黛玉寶玉。東邊一桌。史湘雲王夫人迎春探春惜春。西邊靠門一小桌。李紈合鳳姐的。虛設坐位。二人皆不敢坐。只在賈母王夫人兩桌上伺候。鳳姊吩咐螃蟹不可多拿來。仍舊拿在蒸籠裡。拿十箇來吃了再拏。一面又要水洗了手。站在賈母跟前剝螃蟹肉。頭次讓薛姨媽。薛姨媽道我自己剝的肉香甜。不用人讓。鳳姐

三

便奉與賈母。二次的便與寶玉。又說把酒盪的滾熱的拿來。又命小丫頭們去取菊花葉兒桂花蕊熏的菉荳麵子。預備洗手。史湘雲陪着吃了一箇。就下坐来讓人。又出至外頭。命人盛兩盤子與趙姨娘周姨娘送去。又見鳳姐走来道。你不慣張羅。你吃你的去。我先替你張羅。等散了我再吃。湘雲不肯。命人在那邊廊下擺了兩桌。讓鴛鴦琥珀彩雲彩霞平兒去坐。鴛鴦因向鳳姐笑道。二奶奶在這裡伺候。我可吃去了。鳳姐兒道。你們只管去。都交給我就是了。說着史湘雲仍入了席。鳳姐和李紈也胡亂應箇點兒。鳳姐仍是下來張羅。一時出至廊下。鴛央等正吃得高興。見他來了。鴛央等站起來道。奶、又出來作什麽。讓我們也受用一回子。鳳姐笑道。鴛鴦小蹄子越發壞了。我替你當差。到不領情。還報怨我。還不快斟鍾子酒來我唱呢。鴛央笑着。忙斟了一杯酒。送至鳳姐唇邊。那鳳姐一揚脖吃了。琥珀彩霞二人也斟上一杯。送到鳳姐唇邊。那鳳姐也吃了。平兒早剔了一殼黄子送來。鳳姐道多道些薑醋。一面也吃了。笑道你們坐着吃罷。我可去了。鴛央笑道好沒臉。吃我們的東西。鳳姊笑

四

道。你們坐着吃罷少合我作怪。你知道你璉二爺愛上了你。要合老太〻討了你作小老婆呢。鴛央道啐。這也是你作奶〻說出来的話。我不拿腥手抹你一臉筭不得。說着趕来就要抹。鳳姐兒央道好姐〻饒我這一遭兒罷。琥珀笑道鴛央了頭要走了。平丫頭還饒他。你們看〻。他沒有吃兩箇螃蠏。到唱了一碟子醋。他也算不合攬醋了。平兒手裡正剥了箇滿黃子的螃蠏。聽如此奚落他。便拿著螃蠏照琥珀臉上来抹。口内笑罵我把你這嚼舌根的小蹄子。琥珀也笑着往傍邊一躲。平兒使空手往前一

撲。正恰、的抹在鳳姐腮上。鳳姐正合夗央嘲笑。不防唬了一
跐。哎呀了一聲。衆人掌不住都哈、的大笑起來。鳳姊也禁不
住笑罵道。死娼婦。吃離了眼了。混抹你娘的。平兒忙趕過来替
他親自擦了。又親去端水。夗央道阿彌陀佛。這是箇報應。賈母
那邊聽了。一疊聲問見了什麼這樣樂。告訴我們也笑、。夗央
等忙高聲笑回道。二奶、来搶螃蠏吃。平兒惱了。抹了他主子
一臉螃蠏黄子。主子奴才打架呢。賈母王夫人等聽了也笑起
来。賈母笑道你們看他可憐見的。把那小腿子臍子給他點子

吃也完了○鴛央等咲着答應了○高聲又說道這桌子上的腿子○二
奶、只管吃就是了○鳳姐洗了臉○走来又伏侍賈母等吃一回○
黛玉弱○不敢多吃○只吃了一點脚子肉○就下来了○賈母不吃了○
大家方散○都洗了手○也有看花的○也有弄水的○看魚的○游玩了
一回○王夫人因回賈母說這裡風大○才又吃了螃蟹○老太、還
是回房裡歇、去罷○若高興明日再来逛、○賈母聽了笑道○正
是呢○我怕你們高興○我走了又怕掃了你們的興○既這麼說咱
們就都回去罷○因回道頭又囑咐湘雲道○別讓你寶哥、林妹姐、

多吃了。湘雲答應着。又囑咐湘雲寶釵二人。你兩箇也別多吃。
那東西雖好吃。不是什麽好的。吃多了肚子疼。二人忙應着送
出園外。仍舊回来。命將殘席收拾了另擺。寶玉道也不用擺。喒
們且作詩。把大團圓桌子放在當中。酒菜都放着。也不必拘定
坐位。有愛吃的去吃。大家散坐。豈不便宜。寶釵道這話狠是。湘
雲道雖如此說。還有別人。因又另擺一桌。揀了熱螃蠏来。請襲
人紫鵑司棋侍書入畫鶯兒翠墨等一處共坐。山坡桂樹底下
鋪下兩條紅毡。命答應的婆子並小丫頭等也都坐了。只管隨

六

意吃唱。等使喚再来。湘雲便取了詩題。用針綰在墻上。衆人看
了都說新奇固新奇。只怕作不出来。湘雲又把不限韵的原故
說了一番。寶玉道這才是正理。我也最不喜限韵。林黛玉因不
大吃酒。又不吃螃蟹。自命人掇了一箇綉墩。倚欄坐着。釣竿釣
魚。寶釵手裡拿着一枝桂花。玩了一回。伏在窗檻上。掐了桂蕊
擲在水面。引的遊魚浮上来唼喋。湘雲出一回神。又讓一回襲
人等。又招呼山坡下的衆人只管放量吃。探春和李紈惜春立
在垂柳陰中看鷗鷺。迎春又獨在花陰下拿着花針兒穿茉莉

花寶玉又看了一回黛玉釣魚一回又俯在寶釵旁邊說笑兩
句一回又看襲人等吃螃蟹自己也陪他吃兩口酒襲人又剥
一殼肉給他吃黛玉放下釣竿走至座間拿起那烏銀梅花斟
壺來揀了一箇小、的海棠凍石蕉葉杯丫環看見知他要飲
酒忙着走上來斟黛玉道你們只管吃去讓我自已斟才有趣
兒說着斟了半盞看時却是黃酒因說道我吃了一點子螃蟹
覺得心口微、的疼須得熱、的吃口燒酒寶玉忙道有燒酒
命便拏那合歡花浸的酒盪一壺來黛玉也只吃了一口便放
七

下了寶釵也走來另拏過一支盃來也飲了一口放下便蘸筆至墻上把頭一箇憶菊勾了底下又贅了个蘅字寶玉忙道好姐〻第二個我已經有了四句了你讓我作罷寶釵笑道好容易有了一首你就忙的這樣黛玉也不說話接過筆來把第八箇問菊勾了接着把第十一箇菊夢也勾了也贅上一箇瀟字寶玉也拿起筆來將第二個訪菊第三箇種菊也勾了也贅上箇絳字探春走來看〻道竟沒人作簪菊讓我作這簪菊又指着寶玉笑道喒先說過總不許帶出閨閣字樣你可要留神說

着只見湘雲走來将第四第五對菊供菊一連两箇都勾了。也
賛上一箇湘字。探春道你也該起箇號。湘雲咲道。你們家如今
雖有幾處軒館。我又不住着。借了來又沒趣。寶釵笑道。方才老
太〻說你們家也有這箇水亭叫枕霞閣。難道不是你的。如今
雖沒了。你到是舊主人家。衆人都道有理。寶玉不待湘雲動手。
便代湘雲抹了。改了霞字。又有頓飯工夫。十二個題已全。各自
謄出某人作的來。都交與迎春。另拿了一張雪濤箋過來。一併
謄錄出來。某人作的。下賛明某人的號。李紈從頭看道。

八

憶菊　　　　　　蘅蕪君

悵望西風抱悶思蓼紅蘆白斷腸時空籬舊圃秋無迹瘦月
清霜夢有知落〻心隨歸雁遠寥〻坐聽晚砧癡誰憐我為
黃花病慰話重陽會有期

訪菊　　　　　　怡紅公子

閑趁霜晴試一遊酒盃藥盞莫淹留霜前月下誰家種檻外
籬邊何處秋蠟屐遠来情得〻冷香不盡興悠〻黃花若解
憐詩客休負今朝掛杖頭

種菊　　怡紅公子

攜鋤秋圃自移來。籬畔庭前故、栽。昨夜不期經雨潤。今朝猶喜帶霜開。冷吟秋色詩千首。醉酹寒香酒一盃。泉溉泥封勤護惜。好知三徑絕塵埃。

對菊　　枕霞舊友

別圃移來貴比金。一叢淺淡一叢深。蕭疎籬畔科頭坐。清冷香中抱膝吟。數去更無君傲世。看来未有我知音。秋光荏苒休辜負。相對原宜惜寸陰。

供菊　　　　枕霞舊友

彈琴酌酒喜堪儔，几案亭亭點綴幽。隔座香分三徑露，拋書人對一枝秋。霜清紙帳來新夢，圃冷斜陽憶舊遊。傲世也因同氣味，春風桃李未淹留。

詠菊　　　　瀟湘妃子

無賴詩魔昏曉侵，遶籬欹石自沉音。豪端運秀臨霜吐，口角噙香對月吟。滿紙自憐題素怨，片言誰解訴秋心。一從陶令平章後，千古風高說到今。

畫菊　蘅蕪君

詩餘戲筆不知狂。豈是丹青費較量。聚葉潑成千點墨。攢花染出幾痕霜。淡濃神會風前影。跳脫秋生腕底香。莫認東籬閑採掇。粘屏聊以慰重陽。

問菊　瀟湘妃子

欲訴秋情衆莫知。喃喃負手叩東籬。孤標傲世偕誰隱。一樣開花為底遲。圃露庭霜何寂寞。鴻歸蛩病可相思。休嫌舉世無談者。解語何妨話片時。

十

簪菊　　　　　　　　蕉下客

屏供籬栽日、忙　折来休認鏡中粧　長安公子因花癖　彭澤
先生是酒狂　短鬢冷沾三徑露　葛巾香染九秋霜　高情不入
時人眼　拍手憑人笑路傍

菊影　　　　　　　　枕霞舊友

秋光疊、復重、　潛度偷移三徑中　窗隔疏燈描遠近　籬篩
破月鎖玲瓏　寒芳留照魂應駐　霜印傳神夢也空　珍重暗香
休踏碎　憑誰醉眼認朦朧

菊夢　　瀟湘妃子

籬畔秋酣一覺清，和雲伴月不分明。登仙非慕莊生蝶，憶舊還尋陶令盟。睡去依、隨雁斷，驚迴故、惱蛩鳴。醒時幽怨同誰訴，衰草寒煙無限情。

殘菊　　蕉下客

露凝霜重漸傾欹，宴賞纔過小雪時。蒂有餘香金淡泊，枝無全葉翠離披。半床落月蛩聲病，萬里寒雲雁陣遲。明歲秋風應再會，暫時分手莫相思。

十

衆人看一首讚一首。彼此稱揚不絶。李紈笑道。等我從公評来。通篇看来。各人有各人的警句。今日公評。問菊第一。詠菊第二。菊夢第三。題目新。詩也新。立意更新。怪不得要推湘瀟妃子為魁了。然後簪菊。對菊。供菊。憶菊。画菊。次之。寶玉聽說。喜的拍手叫極是。極公道。黛玉道。我那首也不好。倒底傷了纖巧些。李紈道巧的却好。不露堆砌生硬。黛玉道。據我看来。頭一句好的是圃冷斜陽憶舊遊。這句背面傳彩。攤書人對一枝秋。已經妙絶。將供菊說完。没處再說。故反回来想到未折未供之先。意思深

遠。李紈笑道固如此說。你的口角噙香一句。也敵的過了。採春
又道到底算要蘅蕪君。秋無迹。夢有知。把箇憶字竟烘染出来
了。寶釵笑道。你的短鬢冷沾。葛巾香染。也就把簪菊形容的一
箇縫兒也沒了。湘雲道。偕誰隱。為底遲。真、把個菊花問的無
言可對。李紈笑道。你的科頭坐。抱膝吟。竟一時也捨不得別開。
菊花有知。也必膩煩了。說的大家都笑了。寶玉笑道我又落第。
難道誰家種。何處秋。蠟屐遠来。冷唫不盡。都不是訪不成。昨夜
雨。今朝霜。都不是種不成。但恨敵不上口角噙香對月吟。清冷

十二

香中抱膝唫。短鬢葛巾。金淡泊。翠離披。秋無跡。夢有知。這幾句罷了。又道明兒閒了。我一人作出十二首來。李紈道你的也好。只是不及這幾句新巧新就是了。大家又評了一回。復又要了熱螃蟹來。就在大圓桌子上吃了一回。寶玉笑道。今日持螯賞桂。亦不可無詩。我已吟成。誰還敢作詩者。便忙洗了手。提筆寫出。衆人看道。

持螯更喜桂陰涼。潑醋擂薑興欲狂。饕餮王孫應有酒。橫行公子却無腸。臍間積冷饞忘忌。指上沾腥洗尚香。原為世人

貪口腹坡仙曾笑一生忙

黛玉笑道這樣的詩一時要一百首也有寶玉咲道你這會子才力已盡不能作了還貶人家黛玉聽了並不答言也不思索提起筆來一揮已成一首衆人看道

鐵甲長戈死未忘堆盤色相喜先嘗螯封嫩玉雙丶滿殼凸紅脂塊丶香多肉更憐卿八足助情宜侑我千觴對兹佳品酬佳節桂拂清風菊帶霜

寶玉看了唱采黛玉便一把撕了命人燒去因笑道我作的不

及你的。我的燒了他。你那箇狠好。比方才的菊花詩還好。你留着他給衆人看。寶釵接着笑道。我也勉強了一首。未必好。寫出來取笑兒罷。說着也寫了出來。大家看時。寫道是。

桂靄桐陰坐舉觴。長安涎口盼重陽。眼前道路無南北。皮裡春秋空黑黃。

看到這裡。衆人不禁叫絕。寶玉道。罵得痛快。我的詩也該燒了。又看底下道。

酒未敵醒（腥）還用菊。性方積冷却須薑。于今落釜成何益。月浦空餘禾黍香。
衆人看畢都說這是詠蟹絕唱。這些小題目原要寓大意才算
是大才。只是諷世太毒了些。說着只見平兒復進園來不知作
些什麼。且聽下回分解。

紅樓夢第三十九回

村嫽〻是信口開河　情哥〻偏尋根問底

話說襲人見了平兒來了。都道你們奶〻作什麽呢。怎麽不来了。平兒笑道他那裡得空兒來。因為沒有好生吃得。又不得來。所以叫我來問還有沒有。叫我要幾個拿了家去吃罷。湘雲道有。多着呢。忙命人裝十箇箩子盒子裝了十箇極大的。平兒道多拿幾個園臍的。衆人又拉平兒坐了。平兒不肯。李紈拉着他笑道。偏要你坐。拉着他身傍坐下。端了一杯酒送到他嘴邉。平

一

兒忙唱了一口。就要走。李紈道偏不許你去。顯見得你只有鳳
了頭。就不聽我的話了。說著又命嬤嬤們先送了盒子去。就說
我留下平兒了。那婆子一時拿了盒子回來說。二奶奶說叫奶奶
合姑娘們別笑話要嘴吃。這盒子裡。是方才舅太太那裡送來
的菱粉糕。和雞油饊子。給奶奶姑娘們吃的。又向平兒道。說使
喚你來。你就貪住頑不去了。勸你少唱一杯兒罷。平兒笑道多
唱了又把我怎樣。麽一面說。一面只管唱。又吃螃蟹。李紈攬着
他笑道。可惜這麽個好體面模樣兒。命却平常。只落得屋裡使

喚不知道的人誰不拏你當奶丶太丶看平兒一面和寳釵湘
雲等吃喝着一面囬道（頭）笑道奶丶别只摸得怪癢的李紈道吱
呦這硬的是什麽平兒道鑰匙李氏道什麽鑰匙要緊梯己東
西怕人偷了去却帶在身上我成日家和人説笑有了唐僧取
經就有箇白馬来馱着他劉智遠打天下就有箇瓜精来送盔
甲有個鳳丫頭就有個你丶就是你奶丶的一把揔鑰匙還要
這鑰匙作什麽平兒笑道奶丶吃了酒又拏我打趣着取笑兒
了寳釵笑道這到是真話我們沒事評起人家你們這幾個都

二

是百里挑不出一箇来。妙在各人有各人的好處。李紈道大小都有各天理。比如老太、屋裡。要沒那了頭兒央。如何使得。從太、那一個敢駁老太、的回。他現敢駁回。偏老太、只聽他一箇人的話。老太、那些穿帶的。別人不記得。他都記得。要不是他經營着。不知吽人誆騙了多少去呢。那孩子心也公道。雖然這樣。到常替人上好話兒。還到不依勢欺人的。惜春笑道。老太太昨兒還說呢。他比我們還强呢。平兒道。那原是箇好的。我們那裡比的上他。寶玉道太、屋裡的彩霞。是個老實人。探春道可不是外頭老實。心兒裡有數兒。太〻是那們佛爺似的。事情上不留心。都他知道。凡百一應事。都是他提着太〻行。連老爺在家出外去的一應大小事。他都知道。太〻忘了。他背後告訴太〻。李紈道那也罷了。指著寶玉道。這一箇小爺屋裡。要不是襲人。你們度量到了怎麼田地。鳳丫頭就是箇楚覇王。也得兩支膀子。好舉千斤鼎。他不是這箇丫頭。他就得這麼週到了。平兒道先時賠了四箇丫頭來。死的死。去的去。只剩下我一箇孤鬼了。李紈道你到是有造化的。鳳丫頭也是有造化的。想當

三

初你珠大爺在日。何曾沒兩箇人。你們看我還是那容不下人
的。天丶只見他兩個不自在。所以你珠大爺一沒了。趂年輕我
都打發了。若有箇好的守得住。我到底有了膀背了。說着不覺
滴下淚來。衆人都道這又何必傷心。不如散了到好。說着便都
洗了手。大家約着往賈母王夫人處問安。衆婆子丫頭打掃亭
子。收洗盃盤。襲人便和平兒一同往前去。襲人因讓平兒到房
裡坐丶。再吃一鍾茶。平兒因說不吃茶了。再來罷。一面說一面
便要出去。襲人又叫住問道。這幾月的月錢。連老太丶太丶的

還沒放着是為什麽。平兒見問。忙轉身至襲人跟前。又見左近
無人。悄〻説道你快別問。横竪再遲兩天就放了。襲人笑道。這
是為什麽。唬的我你這樣兒。平兒悄聲告訴他道。這幾箇月的
月錢。我們奶〻早已支了放給人使了。等別處的利錢收了來。
湊齊了才放呢。因為是你。我纔告訴你。可不許告訴一箇人去。
襲人笑道。他難道還短錢使。還沒箇足猒。何苦還操這心。平兒
笑道何曽不是呢。他這幾年只拏這一項銀子。翻出有幾百来
了。他的公費月錢（利）又是不着十兩八兩零碎攢了又放出去。只

四

他這梯己利錢。一年不到上千的銀子呢。襲人笑道。拿着他們的錢。你們主子奴才賺利錢。哄的我們獃等。平兒道。你又說沒良心的話。你難道還少錢使。襲人道。我雖不少錢使。只是我也沒地方使去。就只預備我們那一箇。平兒道。你們若有要緊事用銀錢使的。我那裡還有幾兩銀子。你先拿來使。明兒我扣下你的就是了。襲人道。此時也用不着。怕一時要用起來。不勾了我打發人去取就是了。平兒荅應着。一徑出了園門。來至家內。只見鳳姐不在房裡。忽見上回来打抽豊的那劉姥〻和板兒又来了。坐在那邊屋裡。還有張材家的周瑞家的陪着。又有兩三箇了頭在地下倒口袋裡的棗子倭瓜。並些野菜。衆人見他進來。都忙站起來了。劉姥〻因上次來過。知道平兒的身分。忙跑下地来問姑娘的好。早要來請姑奶〻的安。看姑娘來的。因為庄家忙。好容易今年多打了兩担糧食。瓜菓菜蔬也豐盛。這是頭一起摘下来的。並沒敢賣呢。留的尖兒。孝敬姑奶〻姑娘們嘗〻。姑娘們天〻山珍海味也吃膩了。這箇吃箇野意兒。也是我們的窮心。平兒忙道多謝費心。又讓坐。自已也坐了。又讓張

五

嬸子周大娘坐。又命小丫頭子倒茶去。周瑞張材兩家的因笑道。姑娘今兒臉上有些春色。眼睛圈兒都紅了。張材家的笑道。我到想着要吃呢。又沒人讓我。明兒再有人請姑娘。可帶了我去罷。說的大家都笑了。周瑞家道。早起我就看見那螃蟹了。一斤只好秤二箇三個。這麼兩三大簍。想是有七八十斤呢。若是上、下、只怕還不彀。平兒道。那裡彀。不過都是有名兒的吃兩箇子。那些散衆的。也有摸得着的。也有摸不着的。劉姥、道這樣螃蟹。今年就值五分一斤。十觔五錢。五、二兩五三五一

十五。再搭上酒菜。一共到有二十多两銀子。阿弥陀佛。這一頑（頓）
的菜。殻我們庄家人過一年的了。平兒因問想是見過奶ヽ了。
劉姥ヽ道見過了。叫我們等着呢。説着又往外看天氣。説道天
好咱晚了。我們也去罷。別出不去城。纔是飢荒呢。周瑞家道這
話倒是。我們瞧ヽ去。説着一逕去了。半日方来笑道。可是你老
的福来了。竟投了這两个人的縁了。平兒等問怎麽樣。周瑞家
的笑道。二奶ヽ在老太ヽ跟前呢。我原是悄ヽ的告訴二奶ヽ。
劉姥ヽ要家老去呢。怕晚了趕不出城去。二奶ヽ説大遠的難

六

為他抗了些沉東西来。晚了就住一夜。明兒再去。這不投上二奶丶的縁了。這也罷了。偏生老太丶又聽見了。問劉姥丶是誰。二奶丶便回明白了老太丶。老太丶說我正想積古的老人家說話兒。請了来我見一見。這可不是想不到天上的縁分了。說着催劉姥丶下来前去。劉姥丶道我着（這）生像兒。怎好見得。嫂子你就說我去了罷。平兒忙道你快去罷。不相干的。我們老太丶最是恤老憐貧的。比不得那箇狂三乍四的那些人。想是你怯。讓我和周大娘送你去。說着同周瑞家的引去（了）劉姥丶往賈母這邊來○二門口該班小廝們見了平兒出來都站了起來○有兩箇又跑上來趕着平兒叫姑娘○平兒問又說甚麼○什那小廝笑道○這會子也好早晚了○我媽病着○等我去請大夫○好姑娘我討半日假可使得○平兒笑道你們倒好○都商議定了○一天一箇告假○又不回奶、○只和我胡纏○前兒住兒去了○二奶、偏生叫他叫不着○我應起來了○還說我做了情○你今又來了○周瑞家的道○當真他的媽病了○姑娘也替應着○放了他罷○平兒道明兒一早來○聽着我還使呢○莫再睡的日頭晒着屁股再來○你這一來帶

七

箇信給旺兒就說奶、的話問着他剩的利錢明兒若不交了
来奶、也不要了越發送他使罷那小廝歡天喜地答應去了
平兒等来至賈母房中彼時大觀園中姐妹們都在賈母前承
奉劉姥、進去只見滿屋裡珠圍翠繞花枝招展的並不知都
是何人只見一張榻上獨歪著一位老婆、身後坐著各箇紗
羅裡的美人一般的箇丫環在那裡搥腿呢鳳姐兒站著正說
笑劉姥、便知是賈母了忙上来陪着笑福了幾福口裡說請
老壽星安賈母亦忙欠身問好又命周瑞家的端過椅子来坐

著。那板兒仍是怯人。不知問候。賈母道。老親家你今年多大年紀了。劉姥、忙立身答道。我今年七十五了。賈母向衆人道。這麼大年紀了。還這麼健朗。比我大好幾歲呢。我要到這麼大年紀。還不知怎麼動不得呢。劉姥、笑道。我們生来是受苦的人。老太、生来是享福的。若我們也這樣。那些庄家活也没人做了。賈母道眼睛牙齒都還好。劉姥、道都還好。就是今年左邉的槽牙活動了。賈母道我老了。都不中用了。眼也花。耳也聾。記心也没了。你們這些老親戚。我都不記得了。親戚們来了。我怕人

八

笑我〻都不會不過嚼的動的吃兩口睡一覺悶了時和這些孫子孫女兒們頑笑一回就完了劉姥、笑道這正是老太、的福了我們想這麼着不能賈母道什麼福不過是箇老廢物罷了說的大家都笑了賈母又笑道我纔聽見鳳姐兒說你帶好些瓜菜來我叫他們忙收拾去了我正想今地裡現擷的瓜兒菓兒吃外頭買的不像你們田地裡的好吃劉姥、笑道這是野意兒不過吃箇新鮮依我們到想魚肉吃只是吃不起賈母又道今兒既認着了親別空、的就去不嫌我們這里就住一兩天再去我們也有箇戚家一淌鳳姐見賈母歡喜也忙留道我們這裡雖不比你們的場院大空屋子還有兩間你住兩天把你們那裡的新聞故事兒說些與我們老太〻聽〻賈母笑道鳳丫頭别拿他取笑兒他是鄉屯裡的人老實那裡擱得住你打趣他說著又命人先去抓菓子與板兒吃板兒見人多了又不敢吃賈母又命拿些錢給他叫小么兒們帶他外頭頑去劉姥〻吃了茶便把些鄉村中所見所聞的事情說與賈母賈母越發得了趣味正說著鳳姐兒便命人來請劉姥〻吃晚飯

九

賈母又將自已菜揀了幾樣。命人送過去與劉姥丶吃。鳳姐
知道合了賈母的心。吃了飯便又打發過來。鴛央忙命老婆子
帶了劉姥丶去洗了澡。自已挑了兩件隨常的衣服。命給劉姥
姥換上。那劉姥丶那裡見過這般行事。忙換了衣裳出來。坐在
賈母榻前。又搜尋些話出来說。彼時寶玉姐妹們也都在這裡
坐着。他們何曾聽見過這些話。自覺比那些瞽目先生說的書
還好聽。那劉姥丶雖是箇村野人。却生来的有些見識。況且年
紀老了。世情經歷過的。見頭一箇賈母高興。第二件這些哥兒

姐兒們都愛聽便沒了話也編出些話來講因說道我們村庄
上種地種菜每年每日春夏秋冬風裡雨裡那裡有箇坐的空
兒天、都是在那地頭子上作歇馬涼亭什麽奇、怪、的事
不見你呢就像去年冬天接連下了幾天雪地下壓了三四尺深
我那日起的早還沒出房門只聽外頭柴草响我想着必定是
有人偷柴草來了我絻、着窻眼兒一瞧却不是我們村庄上的
人賈母道必定是過路的客人們冷了見成了現成的柴烤火去
也是有的劉姥、笑道也並不是客人所以說來奇怪老壽星
十

當箇什麽人。原来是箇十七八歲極標緻的一箇小姑娘。梳着
溜、光的頭。穿着大紅袄兒。白綾裙兒。剛説着這裡。忽聽外面
人吵嚷起来。又説不相干的。別唬着老太、。賈母聽了忙問怎
麽了。了環回説南院馬棚裡走了水了。不相干已經救下去了。
賈母最胆小的。聽了這話。忙起身扶了人。出至廊上（下）来瞧。只見
東南大火光猶亮。賈母唬的口内念佛。又忙命人去火神跟前
燒香。王夫人等忙都過来請安。又回説已經救下去了。老太、
請進房去罷。賈母足的看、的火光熄了。方領衆人進来。寶玉

且忙着問劉姥丶。那女兒孩大雪地裡作什麽抽柴草。倘或凍出病呢。賈母道都是緫說抽柴草惹出火来了。你還問呢別說這個了。再說別的罷。寳玉聽說心悶雖不樂也只得罷了。劉姥姥便又想了一篇話。說道我們庄子東邉庄上。有箇老奶丶子。今年九十多歳了。他天丶吃齋念佛。誰知就感動了觀音菩薩。夜裡来托夢。說你這樣虔心。原本你該絶後的。如今奏了玉皇。給你箇孫子。原来這老奶丶只有一箇兒子。這兒子也只一箇兒子。好容易養到十七八歳上。死了。哭的什麽似的。落後果然又養了一箇。今年綫十三四歲。生的雪團兒一般。聰明伶俐非常。可見這些神道是有的。這一夕話。暗合了賈母王夫人的心事。連王夫人也都聽住了。寶玉心中只記掛著抽柴的故事。因悶的心中籌畫。探春因問他昨兒擾了史大妹〻。咱們回去商議着邀一社。又還了席。也請老太〻賞菊花何如。寶玉笑道老太〻說了還要擺酒還史大妹〻的席。叫咱們作陪呢。等吃了老太〻的。咱們再請不遲。探春道越往前去越冷了。老太〻未必高興。寶玉道老太〻又喜歡下雨下雪的。不如咱們等下了

頭場雪。請老太〻賞雪豈不好。咱們雪下唫詩。也更有趣了。林
黛玉忙笑道。咱們雪下唫詩。依我說還不如弄一綑柴火。雪下
抽柴。還更有趣呢。說著寶釵等都笑了。寶玉瞅了他一眼。也不
答話。一時散了。背地裡足的拉了劉姥〻。細問那女兒是誰。劉
姥〻只得編了告訴他道。那原是我們庄北沿地埂子上。有一
箇小祠堂裡。供的不是神佛。當先有什麼老爺。說著又想姓名。
寶玉道。不拘什麼名姓。你不必想了。只說原故就是了。劉姥〻
道。這老奶〻沒有兒子。只有一位小姐。名叫若玉。知書識字。老

奶、愛如珍寶。可惜這若玉小姐。生到十七歲。一病死了。寶玉
聽了。跌足嘆息。又問後來怎樣。劉姥、道因為老奶、思念不
盡。便蓋了這祠堂。塑了這若玉小姐的像。派了人燒香撥火。如
今年深月久的。人也沒了。廟爛了。那像想就成了精。寶玉道精倒
不是成精。規矩這樣人是雖死不死的。劉姥、道阿弥陀佛。原
来如此。不是哥兒說。我們都當他成精。他時常變了人出來各
村庄店道上閑曠。纔說這抽柴火的就是他了。我村庄上的人。
還商議着要打了這塑像。平了廟宇。寶玉忙道快別如此。若平

了廟。罪過不小。劉姥〻道幸虧哥兒告訴我。〻明兒回去攔住
他們就是了。寶玉道我們老太〻太〻都是善人。就是合家大
小。也都好善喜捨。最愛修廟塑神的。我明兒做一箇疏頭。替你
代化些佈施。你就做香頭攢了錢。把這廟修蓋。再裝顏了泥像。
每月給你香錢燒香。豈不好。劉姥〻道若再這樣。時我托那小
姐福。也有幾箇錢使了。寶玉又問地名庄名。來往遠近。坐落何
方。劉姥〻便順口胡謅了出來。寶玉信以為真。回至房中。盤算
了一夜。次日一早便出來。給了茗烟幾百錢。按着劉姥〻說着

十三

方向地名。著茗烟去先踏看明白。回来再作主意。那茗烟去後。寳玉左等也不來。右等也不来。急的熱鍋上的螞蟻一般。好容易等到日落。方見茗烟興、頭、的回来了。寳玉忙問可有廟了。茗煙笑道。爺聽的不明白。要我好找。那地名坐落不似老奶、說的一樣。所以找了一日。找到東北上田埂子上。纔有一箇破廟。寳玉聽說喜的眉開眼笑。忙說道。劉姥、有年紀的人。一時錯記了。也是有的。你且說你見的。茗烟道。那庙門却到是朝南開。也是稀爛的。我找的正沒氣。一見這箇。我說可好了。連忙進去。一看泥胎。唬的我又跑出來了。活是真的一般。寶玉喜的笑道。他能變化人了。自然有些生氣。茗烟拍手道。那裡是什麽女孩兒。竟是一位青臉紅髮的瘟神。寶玉聽了。啐了一口罵道。真是一箇無用的殺才。這點子事也幹不來。茗煙道。二爺又不知看了什麽書。或者聽了誰的混話。信真了。把這件沒頭腦的事派我去碰頭。怎麽說我沒用呢。寶玉見他急了。忙撫慰他道。你別急。改日閑了。你再找去。若是哄我們呢。自然沒了。若竟是有的。你豈不也積了陰隲。我必重重的賞呢。正說着。只見二門上

十四

的小廝來說。老太〻房裡的姑娘們站在二門口找二爺呢。要

知端的。且聽下回分解。

紅樓夢第四十回

史太君兩宴大觀園　金鴛鴦三宣牙牌令

話説寶玉聽了。忙進来看時。只見琥珀站在屏風跟前。説快去罷。立等你説話呢。寶玉来至上房。只見賈母正和王夫人衆姊妹商議給史湘雲還席。寶玉自説道我有了主意。既沒有外客。吃的東西。也別定了樣數。誰素日愛吃的。揀幾樣兒做幾樣。也不要按桌席。每人跟前擺一張高几。一個十錦攢心盒子。自斟壺。豈不别致。賈母聽了説狠是。忙命人傳與厨房。明日就将我

們愛吃的東西做了。按着人數。再粧了盒子来。早飯也擺在園
里喫。商議之間。早已有掌燈時候。一夕没話。次日清早起来。可
喜這日天氣清朗。李紈侵晨起来。看老婆子丫頭們掃那些落
葉。並擦抹桌椅。豫備茶酒器具。只見豐兒帶了劉姥〻板兒進
来。説大奶〻倒忙的緊。李氏笑道。我説你昨兒去不成。只忙着
要去。劉姥〻笑道。這老太〻留下我。叫我也熱鬧一天去。豐兒
拏了幾把大小鑰匙。説道。我們奶〻説了。外頭的高几恐不彀
使。不如開了樓。把收的拏下来使一天罷。奶〻原該親自来的。

因和太〻說話呢。請大奶〻開了。帶着人搬罷。李氏便命素雲
接了鑰匙。又命婆子出去開了綴錦閣。一張一張的往下擡。小
廝老婆子丫頭一齊動手。擡了二十多張下來。李紈道好生着。
别慌〻張〻象趕來似的。仔細硝了牙子。又回頭向劉姥〻笑
道。姥〻也上去瞧〻。劉姥〻聽說。他不得一聲兒。便拉了板兒
登梯上去。進裡面只見烏壓〻的堆着些圍屏桌椅。大小花燈
之類。雖不大認得。只見五彩炫燿。各有奇妙。念了幾聲佛。便下
來了。然後鎖了門。一齊纔下來。李紈道恐怕老太〻高興。越性

把船上划子篙槳遮陽子都搬了下来預備着衆人答應又復
開了色〻的搬了下来小厮傳駕娘們到船塢裡撑出兩支船
正亂着安排只見賈母已帶了一群人進来了李紈忙迎上去
笑道老太〻高興倒進來了我只當還沒梳頭呢纔擷了菊花
要送去一面說一面碧月早捧過一個大荷葉式的翡翠盤子
来裡面養着各色折枝菊花賈母便揀了一朶大紅的簪在鬢
上因回頭看見了劉姥〻忙笑道過来帶花兒一語未完鳳姐
便拉過劉姥〻笑道讓我打扮你說着将一盆子花横三竖四

的揷了一頭賈母和衆人笑的不住劉姥〻道我這頭不知修了什麽福今兒這樣體面起来衆人笑道你還不拔下来摔到他臉上呢你打扮的成了箇老妖精了劉姥〻笑道我雖老了年輕的時也風流愛個花兒粉兒的今兒老風流纔好說笑之間已来至沁芳亭子上了環們抱了一個大錦褥子来鋪在欄干榻板上賈母倚柱坐下命劉姥〻也坐在旁邊因問他這園子好不好劉姥〻念佛說道我們鄉下人到了年下都到城来買畫兒貼時常用了大家都說怎麽得也到畫兒上逛〻想

着那箇畫兒。也不過是假的。那裡有這箇真地方。誰知我今兒
進這園裡一瞧。竟比那畫兒還强十倍。怎麼得有人也照着這
箇園子也畫一張。我帶了家去給他們也見ゝ。死了也得好處。
賈母聽說。便指着惜春笑道。你瞧我這箇小孫女兒。他就會畫。
等他明日畫一張如何。劉姥ゝ聽了喜的忙跑過来拉着惜春
說道。我的好姑娘。你這麼大年紀兒。又這麼好模樣。還有這箇
能幹。別是箇神仙托生的罷。賈母少歇一回。自然領着劉姥ゝ
都見識見識。先到了瀟湘館。一進門只見兩邊翠竹夹路上。地

下蒼苔布滿。中間羊腸一條石子墁的路。劉姥姥讓出路来與
賈母衆人走。自己却趄走土地。琥珀拉他說道。姥姥你上来走。
仔細苔滑了。劉姥姥道不相干的。我們走熟了的。姑娘們只管
走罷。可惜你們的那繡鞋。別沾臟了。他只顧上頭和人說話。不
防底下果踹滑了。咕咚一跤跌倒。衆人都拍手哈哈的笑起来。
賈母忙笑罵道。小蹄子們。還不攙起来。只站着笑。說話時劉姥
姥已爬了起来。自己也笑了。說道。纔說嘴。賈母問他可扭了腰
了不曾。叫丫頭們搥一搥。劉姥姥道。那里說的我這們嬌嫩了。

那一天不跌兩下子。都要搥〻起来。還了得呢。紫鵑早打起湘簾。賈母等進来坐下。林黛玉親自用小茶盤捧了一盖碗茶来奉與賈母。王夫人道我們不吃茶。姑娘不用倒了。林黛玉聽説。便命丫頭把自己窻下常坐的一張椅子。挪到下首。請王夫人坐了。因見窻下案上設着筆硯。又見書架磊着滿〻的書。劉姥姥道。這必是那位哥的書房了。賈母笑指黛玉道。這是我這外孫女的屋子。劉姥〻留神打量了林黛玉一番。方笑道這那裡像箇小姐的繡房。竟比那上等書房還好。賈母因問寶玉怎麼

不見。衆丫環答說在池子裡船上呢。賈母道誰又預備紗。如今
上用的府紗。也沒有這樣軟厚輕密的了。薛姨媽笑道。別說鳳
丫頭沒見。連我也沒見過。鳳姐兒一面說話。早命人取了一疋
来了。賈母說可不是這箇。先時原不過是糊屉（窓）。后来我們拏
這做被作帳子。試〻也竟好。明兒就找出幾疋。来拏銀紅的替
他糊𥦗子。鳳姐答應着。衆人都看了。稱讚不已。劉姥〻也覷見。
眼看箇不了。念佛說道。我們想他做衣裳也不能。拏着糊𥦗子。
豈不可惜。賈母道倒是做衣裳不好看。鳳姐忙把自己身上穿

的一件大紅綿紗襖子襟兒拉了出来。向賈母薛姨媽道。看我的這襖兒。賈母薛姨媽都說這是上好的了。這是如今上用内造。竟比不上這箇。鳯姐道這箇薄片子。還說是内造上用呢。竟連這箇官用的也比不上了。賈母道再找一找。只怕還有青的。若有時都拏出来。送這劉親家兩疋。做一箇帳子我挂。下剩的配上裡子。做些夾背心子。給丫頭們穿。白收着霉壞了。鳯姐兒答應了。仍命人送去。賈母起身笑道。這屋裡窄。再往别處曠去。劉姥〻念佛道。人〻都說大家子住大房。昨兒見了老太〻的正房○配上大箱大櫃大桌子大牀○果然威武○那櫃子比我們一間房子還大還高○怪道后院子裡有箇梯子○我想又不上房晒東西○預備着梯子作什麼○後来我想起来○定是為開頂櫃取放東西○非離了那梯子○怎麼得上去呢○如今又見了這小屋子○更比大的越發齊整了○滿屋的東西○都只好看○都不知叫什麼○我越看越捨不得離了這裡○鳳姐道還有好的呢○我都帶你去瞧瞧○說着一逕離了瀟湘館○遠遠望見池中一群人在那裡撐船○賈母道他們既豫備下船○咱們就坐一回○說着便向紫菱洲蓼

六

漵一帶走来。未至池前。只見幾箇婆子手裏都捧着一色摼絲戧金五彩大盒子走来。鳳姐忙問王夫人早飯在那裡擺。王夫人道問老太〻在那裡。就在那裡擺了。賈母聽說。便回頭說你三妹〻那裡好。你就帶了人擺去。我們從這裡坐了船去。鳳姐兒聽說。便回身同了李紈琥珀。帶着端飯的人等。趂着進路。到了秋爽齋。就在曉翠堂調開桌案。鴛鴦笑道。天〻偺們說外頭老爺們吃酒吃飯。都有一箇篾片相公。拿他取笑兒。咱們今兒也得一箇女篾片了。李紈是箇厚道人。聽〻不解。鳳姐却知說的是劉姥〻了也笑道咱們今兒就拏他取箇笑兒便如此這般的商議李紈笑勸道你們一點好事也不做又不是箇小孩子還這麽淘氣仔細太〻說鴛鴦笑道狠不與你相干有我呢正說着只見賈母等来了各自隨便坐下先有丫環端過兩盤茶来大家吃畢鳳姐手裏拏着西洋布手巾裹着一把烏木三鑲銀箸敁敠人位按序擺下賈母因說把那一張小楠木桌子擡過来讓劉親家近我這邊坐着衆人聽說忙擡了過来鳳姐一面遞眼色與鴛鴦〻〻便拉了劉姥〻悄〻的囑咐了劉姥

姥一夕話這是我們家的規矩若錯了我們就笑話呢調停已
畢然後歸坐薛姨媽是喫過飯來的不吃只坐在一邊吃茶賈
母帶着寶玉湘雲黛玉寶釵一桌王夫人帶着迎春姊妹三箇
一桌劉姥〻傍着賈母一桌賈母素日吃飯皆有小丫環在旁
邊拏着漱盂麈尾巾帕之物如鴛鴦是不當這差的了今日鴛
鴦偏接過麈尾來拂着丫環們知他要撮弄劉姥〻便躲開讓
他鴛鴦一面悄向劉姥〻說道別忘了劉姥〻道姑娘放心那
劉姥〻入了坐拏起箸來沉甸〻的不伏手原是鳳姐合鴛鴦

商議定了。単拏一雙老年四柱象牙鑲金的快子與劉姥〻。劉
姥〻見了説道。這箇爬子。比俺那裡鐵掀還沉。那裡强的過他。
説的衆人都笑起来。只見一箇婦媳端了一箇盒子。站在當地。
一箇丫環上来揭去盒蓋。裡面盛着兩碗菜。李紈端了一碗放
在賈母桌上。鳳姐偏端了一碗鴿子蛋放在劉姥〻桌上。劉姥
姥便站起身来。高聲説道。老劉食量大似牛。吃箇老母猪不擡
頭。自巳却鼓腮不語。衆人先是發怔。後来一聽。上〻下〻都哈
哈大笑起来。史湘雲掌不住一口飯都噴了出来。林黛玉笑岔

了氣伏着桌子叫哎喲寶玉早滚到賈母懷裡賈母笑的摟着寶玉叫心肝王夫人笑的用手指着鳳姐只說不出話来薛姨娘也掌不住口裡茶噴了探春一裙子探春手裡的飯碗都合在迎春身上惜春離了坐位拉着他奶母叫揉一揉腸子地下的無一箇不彎腰屈背也有躲出去蹲着笑去的也有忍着笑替他姊妹換衣服的獨有鳳姐鴛鴦二人掌着還只管讓劉姥姥劉姥〻拿起那箸只覺不聽使又說道這裡的雞兒也俊下的這蛋也小巧怪俊的我且㨮攮一箇衆人方住了笑聽了這

話又笑起来賈母笑的眼淚出来琥珀在後捶着賈母笑道這
定是鳳丫頭促狹鬼兒鬧的快别信他的話了那劉姥〻正誇
雞蛋小巧要肏攘一箇鳳姐兒笑道一兩銀子一箇呢你快嚐
嚐罷那冷了就不好吃了劉姥〻便伸箸子要夾那裡夾得起
来滿碗裡鬧了一陣好容易撮起一箇来纔捧着脖子要吃偏
又滑下来滚在地下忙放下箸子要親去揀早有地下人揀了
出去了劉姥〻笑道一兩銀子也没聽見響聲兒就没了衆
人已没心吃飯都看着他取笑賈母又説誰這會子又把那箇

九

快子拏了出来。又不請客擺大筵席。都是鳳丫頭支的。還不換
了呢。地下的人原不曾預備這牙箸。本是鳳姐和鴛鴦拏了来
的。聽如此説。忙收了過去。也照樣換上一雙烏木鑲銀的。劉姥
姥道。去了金的。又是銀的。到底不及俺們那箇伏手。鳳姐道。菜
裡若有毒。銀子下去了。就試的出来。劉姥〻道。這箇菜裡有毒。
俺們那些都成了砒霜了。那怕死了也要喫盡了。賈母見他如
此有趣。吃得又香甜。把自己的菜也都端過来與他吃。又命老
媽来將各樣的菜給板兒夾在碗上。一時吃畢。賈母等都往探

春卧室中去閒話。這裡收拾過殘桌。又放了一桌。劉姥〻看着李紈與鳳姐兒對坐着吃飯。笑道別的罷了。我這管你們家這行事。怪道說禮出大家。鳳姐兒忙笑道。你可別多心。纔則大家不過取笑兒。一言未了。鴛鴦也進来笑道。姥〻別惱。我給你老人家賠箇不是。劉姥〻笑道。姑娘說那裡話。偺們哄着老太〻開心兒。可有什麼惱的呢。你先囑咐我。我就明白了不過大家取箇笑兒。我要心裡惱。也就不說了。鴛鴦便罵人為什麼不倒茶給劉姥〻。劉姥〻忙道。剛纔那箇嫂子倒了茶来我吃過了。姑

娘也刻該用飯了。鳳姐兒便拉鴛鴦坐下了。婆子們添上碗箸
来。三人吃畢。劉姥〻笑道。你們這些人都只吃一點兒就完了。你們
也不餓。怪只道風兒都吹的倒。鴛鴦便問今兒剩的菜不少。都
那裡去了。婆子們道。都還沒散。在這里等著一齊散與他們吃。
鴛鴦道。他們吃不了這些。挑兩碗給二奶〻屋裡平丫頭送去。
鳳姐兒道。他早吃了飯了。不用給他。鴛鴦道。他不吃了。喂你的
猫。婆子聽了。忙揀了兩碗。拿盒子送去。鴛鴦道。素雲那裡去了。
李紈道。他們都在這裏一處吃。又找他作什麼。鴛鴦道。這就罷

了鳳姐道襲人不在這裡你倒是叫人送兩碗給他去鴛鴦聽
說便命人也送兩樣去後鴛鴦又問婆子們回来吃酒的攢盒
可裝上了婆子道想必還得一盒〔會〕子鴛鴦道催着些婆子答應
了鳳姐兒等来至探春房中只見他娘兒們正說笑探春素喜
濶朗這三間屋子不曾隔斷上地放着一張花梨大理石大案
桌上面磊着各種名人法帖並數十方寶硯各色筆筒海子内
插着筆如樹林一般那一邊設着斗大的一箇汝窰花囊插着
滿〻的一囊水晶毬的白菊西牆上挂着一大幅米襄陽的煙

雨圖左右掛着一對〻聯乃是顔魯公墨跡其聯云煙霞閑骨
格泉石野生涯案上設着大鼎左邊紫檀架子上放着一箇大
觀窯的大盤盤内盛着數十箇嬌黄玲瓏大佛手右邊洋漆架
上懸着一箇白玉比目磬傍邊掛着小槌那板兒略熟了些便
要摘那槌子要擊丫環們忙攔他〻又要那佛手吃探春揀了
一箇與他説頑罷喫不得東邊便設着卧榻牀上懸着葱緑雙
繡花卉草蟲的紗帳板兒又跑過来看説這是蟈〻這是螞蚱
劉姥〻忙打他一巴掌罵道下作黄子没乾净的亂鬧倒叫你

進来瞧〻。就上臉了。打的板兒哭起来。衆人忙勸觧方罷。賈母
因隔着紗窻往后園内看了一回。因説這后廊簷下的梧桐也
好了。就只細些。正説話。忽一陣風過。隱〻聽的鼓樂之聲。賈母
問是誰家娶親呢。這裡臨街倒近。王夫人因笑回道。街上的那
裡聽的見。這是偺們的那十来箇女孩子們演習吹打呢。賈母
便笑道。既他們演。何不叫他們進来習演。他們也曠一曠。偺們
可又樂了。鳳姐兒聽説。忙命人出去叫来。一面吩咐擺下條桌。
鋪上紅氊。賈母道。就鋪排在藕香榭的水亭。借着水音更好聽。

回来偺們就在綴錦閣底下吃酒○又寬濶○又聽得近○衆人都說
那裡好○賈母向薛姨媽笑道○偺們走罷○他們姊妹們都不大喜
歡人来○生怕臟了屋子○偺們別沒眼花○正經坐一回子船○喝酒
去○說着大家起身便走○探春笑道○這是那裡的話○求着老太〻
姨媽太〻来坐〻○還不能呢○賈母笑道○我的三箇丫頭都好○只
有兩玉兒可惡○回来吃醉了○偺們便往他們屋裏鬧去○說的衆
人都笑了○一齊出来○走不多遠○已到了荇葉渚○那姑蘇選来的
幾箇駕娘○早把兩支棠木舫撑来○衆人扶了賈母薛姨媽劉姥

姥鴛鴦玉釧兒上了這一支落後李紈也跟上去鳳姐兒也上
去立在船頭上也要撐船賈母在艙内道這不是頑的雖不是
河裏也有好深的你快給我進来鳳姐笑道怕什麽老祖宗只
管放心說着便一篙點開到了池當中船小人多鳳姐只覺亂
愰忙把篙子遞與駕娘方蹲下了然後迎春姊妹等並寶玉上
了那支隨后跟来其餘老嬷散衆丫環俱沿河隨行寶玉道這
些々破荷葉可恨怎麽不叫人来拔去寶釵笑道今年這幾日何
曽饒了這園子鬧了天々矌那裡還有人收拾的工夫林黛玉

道我最不喜歡李義山的詩只喜他這一句留得枯荷聽雨聲偏你們又留不着殘荷了寶玉道果然好句以後咱們別叫人拔去了說着已到了花漵的蘿港之下覺得陰森透骨兩灘上衰草殘菱更切秋情賈母因見岸上曲折曠朗便問這是你薛姑娘的屋子不是衆人道是賈母忙命攏岸順着去步石梯上去一同進了蘅蕪院只覺異香撲鼻那些奇草仙藤愈冷愈蒼翠都結了實似珊瑚豆子一般纍垂可愛及進了房屋雪洞一般一色玩器全無案上只有土一箇土定瓶中供着數枝菊花並

兩部書。茶奩茶杯而已。牀上只吊着青綾帳幔。衾褥也十分樸
素。賈母笑道這孩子太老實了。你沒有陳設何妨和你姨媽要。
我也沒理論。也沒想到你們的東西自然在家裡沒帶了来。說
着命鴛鴦去取些古董来。又嗔着鳳姐兒不送些玩器来與你
妹〻。這樣小氣。王夫人鳳姐兒等都笑回說。他自已不要的。我
們原送了来。都退回去了。薛姨媽也笑說。他在家裡也不大弄
這些東西的。賈母搖頭道。使不的。雖然他省事。倘来箇親戚看
不像。二則年輕的姑娘們房裡。這樣素淨。也忌諱。我們這老婆

子越發該住馬圈了。你們聽那些書上戲上說的小姐們的繡房。精緻的還了得呢。他們姊妹們雖然不敢比那些小姐們。也不要狠離了格兒。有現成的東西。為什麼不擺。若狠愛素淨。少幾條倒使的。我最會收拾屋子的。如今老了。沒這閒心了。他姊妹們也學着收拾的好。只怕俗氣。有好東西也擺壞了。我看他們還不俗。如今讓我替你收拾。包管又大方。又素淨。我的梯巳兩件。收到如今。沒給寶玉看見過。若經了他的眼。也沒了。說着。鴛鴦來。親吩咐道。你把那石頭盆景兒。和那架紗棹屏。還有箇

墨煙凍石鼎。這三樣擺在這案上就殻了。再把那水墨字畫白
綾帳子。也換了。鴛鴦答應着笑道。這箇東西。都擱在東樓上的
不知那箇箱子裏。還得慢〻找去。明兒再拏去也罷了。賈母道
明日後日都使的。只別忘了。說着坐了一回出来。一逕来至綴
錦閣下。文官等上来請過安。因問演習何曲。賈母道。只揀你們
生的演幾套罷。文官等下来往藕香榭去不題。這裡鳳姐兒已
帶着人擺設整齊。上面左右兩張榻。榻上都鋪着錦裀蓉簟。每
一榻前兩張雕漆几。也有海棠式的。也有荷葉式的。也有梅花

式的。也有桂花式的。也有方的。也有圓的。其式不一。一箇上面
放着爐瓶。一分攢盒。一箇上面空設着預備放人所喜食物。上
面二榻四几。是賈母薛姨媽。下面一椅兩几。是王夫人的。餘者
都是一椅一几。東邊是劉姥〻。劉姥〻之下是王夫人。西邊便
是史湘雲。第二便是寶釵。第三便是黛玉。第四迎春探春惜春
挨次下去。寶玉在末。鳳姐李紈二人之几。設於三層檻內。二層
紗廚之外。攢盒式樣亦隨式几之式樣。每人一把烏銀洋鏨自
斟壺。一箇十錦琺瑯杯。大家坐定。賈母先笑道。咱們先吃兩杯。

今日也行一令。纔有意思。薛姨媽等笑說道。老太ゝ自然有好
酒令。我們如何會呢。安心要我們醉了。我們都多吃兩杯就有
了。賈母笑道。姨太ゝ今兒也過謙起来。想是厭我老了。薛姨媽
笑道。不是嫌。只怕行不上来。倒是笑話了。王夫人忙笑道。便說
不来。只多吃一杯酒。醉了睡覺去。還有誰笑話咱們不成。薛姨
媽點頭笑道。依令。老太ゝ到底吃一杯。纔是。賈母笑道。這箇自
然。說着便吃了一杯。鳳姐兒忙走至當地笑道。既行令。還叫鴛
鴦姐ゝ来行更好。衆人都知道賈母所行之令。必得鴛鴦提着。

故聽了這話。都說狠是。鳳姊兒便扯了鴛鴦過来。王夫人笑道。
既在令內。沒有站着的禮。回頭命小丫頭子端一張椅子。放在
你二奶〻的席上。鴛鴦也半推半就。謝了坐。便坐下。吃了一鍾酒。
笑道。酒令大如軍令。不論尊卑。為我是主。違了我的話。是必要
罰的。王夫人等都笑道。一定如此。快些說来。鴛鴦未開口。劉姥
姥便下席擺手道。別這樣作弄人。我家去了。眾人都笑道。這卻
使不的。鴛鴦喝命小丫頭子們拉上席去。小丫頭子們也笑着。
果然扯入席中。劉姥〻只叫饒了我罷。鴛鴦道。再多言的罰一

壺。劉姥〻方住了。鴛鴦道如今我說骨牌付兒。從老太〻起。順令兒說下去。至劉姥〻止。如我說了一付兒。將這三張牌拆開。先說頭一張。次說第二張。再說第三張。說完了合成這一付兒的名子。無論詩詞歌賦。成語俗語。比上一句。都要叶韻。錯了的罰一杯。衆人笑道這箇令好。就說出来。鴛鴦道有了一付了。左邊是張大六。天賈母道頭上有青天。鴛鴦道當中是箇五與六。賈母道六橋梅花香徹骨。鴛鴦道剩的一張六與么。賈母道一輪紅日出雲霄。鴛鴦道湊成便是箇蓬頭鬼。賈母道這鬼抱住

鍾馗腿說完大家笑着唱采賈母飲了一杯夗央又道有了一
付左邊是箇大長五薛姨媽道梅花朶〻風前舞夗央道右邊
是箇大五長薛姨媽道十月梅花嶺上香夗央道當中二五雜
七薛姨媽道織女牛郎會七夕夗央道湊成二郎有五岳薛姨媽
道世人不及神仙樂說着大家賛賞領了酒夗央又道有了一
付左邊長么兩點明湘雲道雙懸日月照乾坤夗央道右邊長
么兩邊明湘雲道閒花落地聽無聲夗央道中間還得么四来
湘雲道日邊紅杏倚雲栽夗央道湊成櫻桃九點熟湘雲道御

園却被鳥啣出說完飲了一杯儂央道有一付了左邊是長三
寶釵道雙〻燕子語樑間儂央道右邊是三長寶釵道水荇牽
風翠帶長儂央道當中三六九點在寶釵道三山半落青天外儂
央道湊成鐵鎖練孤舟寶釵道處〻風波處〻愁說完飲畢儂
央又道左邊一箇天黛玉道良辰美景奈何天寶釵聽了回頭
看着他黛玉只顧怕罰也不理論儂央道中間錦屏顏色俏黛
玉道紗窗沒有紅娘報儂央道剩了二六八點齊黛玉道雙瞻
玉座引朝儀儂央道湊成籃子好採花黛玉道仙杖看挑芍藥

花說完飲了一口夗央道左邊四五成花九迎春道桃花帶雨濃衆人道該罰錯了韻而且又不像笑着領了一口原是鳳姐都要聽劉姥〻的笑話故意都命說錯都罰了至王夫人夗央代說了一箇下便該劉姥〻劉姥〻道我們庄家閒了也長會幾箇人弄這箇但不如說的這麽好聽少不得我也試一試衆人都笑道容易說的你只管說不相干夗央笑道左邊四〻是箇人劉姥〻聽了想了半日說道是箇庄家人罷衆人閧堂笑了賈母笑道說的好就是這樣說劉姥〻笑道我們庄家人不過

是現成的本色。衆位別笑。夗央道中間三四緑配紅。劉姥〻道大火燒了毛蟲。衆人道這是有的。還說你的本色。夗央道右邊幺四真好看。劉姥〻道一箇蘿蔔一頭蒜。衆人又笑了。夗央道湊成便是一枝花。劉姥〻兩支手比着說道。花兒落了結箇大倭瓜。衆人大笑起來。要知端的。且聽下回分解。

人的情長有限
光陰吾不樂其
山水哉 偶筆